感觉结构

李日月 著

长江出版传媒

长江文艺出版社

编选说明

本书是李日月自 2001 年至 2024 年之 20 余年间对汉语诗歌有所思有所感发的随笔结集。

李日月的"诗的经历"相对多元，他不仅致力于诗歌创作，也兼涉文献编纂、诗歌活动、诗歌项目、诗歌教育和诗学研究，是创作者、策划者、劳动者、赞助人、教育者和研究者多位一体的个案。他自 1997 年开始新诗创作，2001 年开始参与组织诗歌活动和文献编纂工作，至今历时 20 余年，是当代诗的建设者和见证人，他作为诗人个体的诗歌观念和诗歌行动也折射出了当代诗演化历程的一个侧面，庶几有资于当代诗的研究。

本书的文章编选以原始文献为主，围绕着完整地勾勒一个诗人的特定时期观念史而展开。李日月早年于非诗文体较为排斥，耗时既少，竟真做到了随意衍笔、随手信笔，呈现出了较为明显的诗人立场和江湖风格，故将其未定稿、残稿一并收录；他在诗歌文献编纂、诗歌活动策划相关场合的一些泛诗学文本和探讨"诗人观"的文本，亦一并收录。

李日月所写诸篇论及小说、艺术之文章非属本书之狭义诗学，不予收录；游记仅涉及诗坛交游而极少诗观，不予收录；有些文章只有题目而无正文，不予收录；有些文章只知其有而无法找到，无法收录。

本书分为五辑。第一辑"函谷旧梦"收录与古典诗学相关内容，包括诗话、古诗阐释和讲稿等，也包括了几篇内容相关联的对话录。

第二辑"酒国诗学"选自作者于2021年第四季度闭关期间写作的一组文章，其中直接讨论当代诗的部分篇目，曾以"酒国诗学"为名发布在其个人公众号上。酒后之作，难免游戏笔墨，略做修订后收入。

第三辑"欢喜三人谈"是作者2017年在昆明以对话录文体创作的一组欢乐之作，所选篇目皆为讨论诗人、诗人生活的内容。

第四辑"禅房花木"是作者为当代诗所写的一些辅文，包括文献编纂中的序跋、发刊词、编后记等，诗歌活动的即兴发言、策划案等，以及他的课堂作业、创作谈和访谈。

第五辑"远山之色"是作者的早期诗学文献，包括社团宣言、少量诗歌评论及近日几篇文章——所谓早期，只是观念阶段，即纯粹诗人的诗歌观念——虽是眼前新作所谈却仍为旧时所想，故一并收入本书。

本书所收录文献大多都有创作时间和地点，统一置于文末；因第三辑文章全部创作于2017年昆明，故不再逐一列出时间地点。

各专辑文章大体按时间从近往远倒序排列；第一辑主收古典诗学相关文章，有几篇相关文章错时穿插。

因是随笔文体，全书基本不加注释。

《好诗》编辑部

目 录
CONTENTS

第一辑

函谷旧梦

偶遇诗札（卷一）

偶遇者，偶遇也。盖随手阅及、朋友聊及、蓦然忆及诸般遇，兴味所致，随笔札之。趣既小且散，翻为久矣。竟至十八篇，或有其二，姑作卷一。

王昌龄《出塞二首》其一：秦时明月汉时关，万里长征人未还。但使龙城飞将在，不教胡马度阴山。其二：骝马新跨白玉鞍，战罢沙场月色寒。城头鼓角声犹震，匣里金刀血未干。

此二首当合观之方得其精义：其一大时空，千年万里边防人怨，其二小细节，红马黑鬃月寒鼓震，一先一后，合《中庸》"致广大而尽精微"之意。其二《全唐诗》同入李白名下，我意应为龙标之作，盖其首句奇绝继句难接，玉鞍金刀复起振而堪收尾。七绝圣手并非浪得虚名。又号"诗家夫子"，则龙城飞将句足证之：操心可以，发论则偏，无非因人成事之俗见，焉不知大唐不修长城，军制大局自有来由，且其时唐与突厥吐蕃之战皆胜，以秦汉刺今，曲意何为？矫揉作忧国，此诗人求毒于夫子也。故以此句，诗意急转直下，若无其二托起，转怨为雄，实为中等。李攀龙大喜秦时明月，推之冠绝，人多不服；然明塑唐诗，其面至今。

无名氏《击壤歌》：日出而作，日入而息。凿井而饮，耕田而食。帝力于我何有哉！

传为帝尧时作品，堪称汉语第一首诗。或为托名伪作。壤，古玩具也。前四句乃农业文明终极写照。末句微妙，以日出日落决定作息，帝力不宜解为天命。既训之以尧帝，亦可作多解：帝力安民，使民忘帝；劳动大于权力；自然远离权力。一下出儒家，二下出墨家，三下出道家。然以四千年传统言之，尧下至周帝力以封建遣之，秦下至清帝力以官僚遣之，帝力灌注一切，对面、侧面、缝隙、漏洞皆决于正面，则帝力于我何有者胡不自欺被欺哉。

张九龄《感遇十二首》（其一）：兰叶春葳蕤，桂华秋皎洁。欣欣此生意，自尔为佳节。谁知林栖者，闻风坐相悦。草木有本心，何求美人折。

坐，同"但坐观罗敷""停车坐爱枫林晚"，因而之意。葳蕤、皎洁、欣欣、相悦，皆良词也，足以提振人心；以何求收尾，情感亦不下挫。笔下为寻常草木，眼中是德行盎然，心有宇宙大道，身投自由人生；以其高古之风，成就儒体道心，堪称中国文学典范。李白狂躁入道教旁门，杜甫抑郁得儒家下乘，皆不如张九龄逍遥雍容，故后人可常自问："风度得如九龄否？"此诗之精细微妙，乃有多层：兰桂美人寓君子人格，有离骚之志；继而以本心之存有指涉内圣、价值自立，自许一林栖者生活方式；进则以生意敷衍佳节论及仁心，仰参天地生生不息参赞化育之德，归于易道周普。小人可以之致君子，君子可致贤而贤人亦可因之致圣致真；我又疑有唐一代佛学大盛，九龄之前天台、华严、禅宗皆出，又与惠能做忘年交而只拜天子不拜佛，此诗儒道兼修固不寓佛，或持纯种中国乎？此或乃大众畅销书《唐诗三百首》列之魁位之意，佛陀非圣不真，皇帝莫若天子，汉家秀才春秋心曲不可不察也。

皇甫冉《春思》：莺啼燕语报新年，马邑龙堆路几千。家住层城临汉苑，心随明月到胡天。机中锦字论长恨，楼上花枝笑独眠。为问元戎窦车骑，何时返旆勒燕然？

此诗颇为拙力，老老实实反复使用对比手法，很像练笔之作，却也为名作、代表作，可见诗歌接受之复杂。"层"一作"秦"，个见为"秦"，"秦汉"熟语也，"层汉"不搭也。以回文诗言愁恨之长，深具学院做派；以大军凯旋言私人归，又系工部余脉。唯其调不悲下，尚可。远不及皇甫《巫山峡》之浑然。

《诗经·采薇》：昔我往矣，杨柳依依；今我来思，雨雪霏霏。

全诗不录。毛诗序：采薇，遣戍役也。钱穆以为周公政府劳军之作。若以个人作品，虽经采诗官规训亦千古名作固不辜负；若以御制，则恨大矣。天子圣人以文艺利用人情，三千年人之情感被结构化、组织化，哀乎！其人性之不得脱，则诗学之不得新，悲夫！

李商隐《高花》：花将人共笑，篱外露繁枝。宋玉临江宅，墙低不碍窥。

篱墙皆低，繁笑外露，既为高花，何必曰窥？高花者，眼高之女子也；花开以为笑，春来必发情，讽刺极显。此诗意简浅粗俗，似非义山风格。

李白《夜宿山寺》：危楼高百尺，手可摘星辰。不敢高声语，恐惊天上人。

童谣中的大诗，字字皆平，句句皆奇。此诗著作权归属有王禹偁、杨亿之争，归之李白少作《上楼诗》应为合理。吾小学课堂所诵，乃家父领读，朗朗然犹在耳畔。最是异闻者，高声所惊之人，地上老身也；河东河西，沧海桑田，非时间之效，本性隐而发也。

张祜《宫词二首·其一》：故国三千里，深宫二十年。一声何满子，双泪落君前。

此诗吾少时潜意识也。每练字，无论毛笔钢笔，随手遣笔，必是此诗。却多年不知作者，亦不知诗题，及而立后方晓。是耶，张祜以此诗名满天下，征服杜牧，开罪元稹。何满子，断肠曲也，传承吉临死亦歌之。此小诗乃大诗也，力量绝大，千古罕见；悲愤之深，万载可感。最是怨恨之极者，"君前"也；可作多解，解解皆怨：二十年一见，将入冷宫，临终送别，囚于君左右。若以伴君为怨，则为旧制之革命、自由之颂歌。一声何满子，即是挣脱桎梏的宣言：愿为自由，抛爱弃命。

张继《枫桥夜泊》：月落乌啼霜满天，江枫渔火对愁眠。姑苏城外寒山寺，夜半钟声到客船。

写愁一般以曲笔为上。此诗反出绝在一明愁字。《秋江夜月图》赏心悦目，渔火送暖，乌啼为暮钟声为夜，景密转而情悠，旅途休整愈加舒坦——如无愁字，斯为美好。但羁旅人心中自愁，则月落递伤，霜飞遣冷，乌啼送悲，枫树孤高，渔火衬凄，寺钟透寒，复告失眠，城内无友，客乃孤客。愁紧犹可，超时而松弛，唯长夜一声寺钟，击破人心。江者，吴淞江也，苏州河也，此船载得懿孙，可至沪上寻我喝酒。

辛弃疾《鹧鸪天·送人》：唱彻阳关泪未干，功名馀事且加餐。浮天水送无穷树，带雨云埋一半山。今古恨，几千般，只应离合是悲欢？江头未是风波恶，别有人间行路难。

稼轩胸襟，出送别诗新境。唱彻二字响亮，开篇夺人；加餐温暖且透彻，般若之心也；浮带奇景，恢阔中饱含儿女深情；离悲合欢若用句号则坚硬，用问号则柔软，作为下阕过渡力度恰好；尾句深沉，中年情思，不可多言。事景情思，起承转合，唱嘱送咛，层叠深入，无句不拙，无句不佳，无句不细，无句不大，无句不隐，无句不明，诚大家作为也。复检历代阐释，用典互文皆着眼于功名今古恨人间行路难，旧时观念亦无不可。当今观之，加餐未必接古诗十九首，仅作日常人生大可；行路难未必应乐府鲍照李白，只作家长里短亦可；除《阳关》名典，全诗皆常语，人皆可味；常语者，大手笔也。

李白《嘲王历阳不肯饮酒》：地白风色寒，雪花大如手。笑杀陶渊明，不饮杯中酒。浪抚一张琴，虚栽五株柳。空负头上巾，吾于尔何有。

一首劝酒诗，岂独笑杀陶渊明，亦笑杀读者也。燕山雪花大如席，正经句子也，大如手，戏谑之语也，意转手中之杯。浪、虚、空三连击，激人举杯，真是哈哈哈。第三招"空负头上巾"最狠，虽是引自陶诗，但语境转至酒桌，则可直解：你若不陪我喝酒，头上官帽白戴了。王历阳，历阳县王姓官员。吾于尔何有，意思明白：你何必请我吃饭！自嘲了。地方官员不陪酒仙喝酒，大问题也。

陆游《夜梦从数客雨中载酒出游山川城阙极雄丽云长安也因与客马上分韵作诗得游字》：有酒不谋州，能诗自胜侯。但须绳系日，安用地埋忧。射雉侵星出，看花秉烛游。残春杜陵雨，不恨湿貂裘。

历代文豪盛赞诗酒之德，此诗首句堪得一席。继句衰减，再则不堪，以分韵戏耳，又胡不为放翁有宋四百分之一侯之格乎？李白酒桌乱写，用典松弛；陆游马上分韵，遣典滞涩；匪必才大才小，唯其心态好，"老子写坏又何妨"！

孟浩然《春晓》：春眠不觉晓，处处闻啼鸟。夜来风雨声，花落知多少。

唐绝句多无须解释，写日常人生，咏通俗人情，同感易知。少尝谓友人，但诵全唐诗，全天终生之细节皆有诗为证，又何必自作。进城知现代，反观唐人绝句，如回乡矣。此诗鲜活，趣味正，宜多涵咏。最妙在一"声"字，以鸟啼唤起回忆、猜度，愈增闲适之境。形于声者，感于物而动也。以此声，接风雨，接天地，知花落，知春晓，具格物之意，亦为古君子之行也。

苏东坡《观潮》：庐山烟雨浙江潮，未至千般恨不消。到得还来别无事，庐山烟雨浙江潮。

应为东坡一生倒数第二首。所言在景，寓意人生。以见山还是山言之，意颇浅近，怅寥之情唯深，比之弘一法师"悲欣交集"则多几许旷达，近乎阳明"夫复何言"而不及"我心光明"。大诗人以其情深耽进，境界干不过大思想家了。

韦应物《寄李儋元锡》：去年花里逢君别，今日花开又一年。世事茫茫难自料，春愁黯黯独成眠。身多疾病思田里，邑有流亡愧俸钱。闻道欲来相问讯，西楼望月几回圆。

所遇应时，顺天而读。花开无乐，春来黯然，皆自伤耳。身体欠安，神鬼皆出。观世事必只见其茫茫，遇难民定自责以羞愧，都是一时昏聩而忘记了天行健、生生不息的基本道理。只把希望寄托在友谊的抚慰，虽人之常情，亦不免月圆数次失望几回。精气神还是要自己从内在修出来。

龚自珍《己亥杂诗》一一六：中年才子耽丝竹，俭岁高人厌薜萝。两种情怀俱可谅，阳秋贬笔未宜多。

尤感于中年才子四字。谢安尝谓羲之曰："中年以来，伤于哀乐，与亲友别，辄作数日恶。"羲之曰："年在桑榆，自然至此。顷正赖丝竹陶写，恒恐儿辈觉，损其欢乐之趣。"（《晋书·王羲之传》）复观此典，再感于"恐损儿辈欢乐"，此成年之责也，又增耽丝竹之苦闷，而若能为之，则修为也；若难以为之，则儿辈命也。理解多种人生所以然，而宽容待之，此诗胸襟之开阔，已超乎孔子春秋之志。则从知行合一言之，阳明前孔子知远大于行，阳明后龚定盦知大于行，则王羲之之丝竹恒恐，未尝不可能损及儿孙也。

蒋捷《虞美人·听雨》：少年听雨歌楼上，红烛昏罗帐。壮年听雨客舟中，江阔云低，断雁叫西风。而今听雨僧庐下，鬓已星星也。悲欢离合总无情，一任阶前点滴到天明。

歌楼客舟僧庐上中下，空间有诗意；少年并不少，壮年却不壮，老年已然老，时间本无何来情，必入僧庐方得解脱。"也"用韵颇妙，得其断语之慨、断玉之悲。无情，失之显；一任，得之隐。旧诗写人生，常以个性做共鸣，此词得人如是。

刘长卿《新年作》：乡心新岁切，天畔独潸然。老至居人下，春归在客先。岭猿同旦暮，江柳共风烟。已似长沙傅，从今又几年。

切字微，先言时间入口，又言此季如刀，心中焦躁、热烈急转伤悲。颔联述情细致尤以春归绵密，客心老且弱，愿与春归而难随，虽化用而能出新乃此诗佳句。颈联以群衬独，小人胸次也。收尾又攀贾谊，忧虑未来，不知贾三十三乎？八句五言句句皆言苦闷，力图变法而实同调重复，赶着过年猛吐槽，我执太重。老来居下总比少即寄远要强，逐春而动岂不热烈，灵猿做伴堪称双修法门，岭上江边沐风浴烟则为归真之道，都是好事；若以诸相非相论，则又可通透许多。长卿衰人，不够潇洒，所谓天畔，无非是地远心自偏。风雪夜归人何以鄙视江上数峰青？是以衰故反自矜五言长城。有才可喜，志大反哀。何以比贾谊？斯人在长沙酒肉尚佳，唯自伤耳。大历衰则人心衰乎？情心未可信也，或曰诗心应世道未可信也。衰人自伤亦可也，不胁他人是为可敬，不射世道即乃大德，能洒脱堪击节，若超越就最好。

辛丑年冬月，昆明

湖畔前影录

同质化诗学

超一流的汉语诗，三千年如一日属于一种"同质化诗学"，以道论之，道者永恒，万代常故，新人所求，无非闻道，绝无新声。近以文体转换为史，乃掩晚清四言仍为至尊之实也。

换言之，超一流的诗全部是吉祥的。亦为另一种同质化诗学。

五民诗学

人的生存结构决定精神结构，精神结构决定感觉结构，感觉结构决定艺术结构。文化自反性提供了超越的可能，但此种超越亦属于被决定者，皆有迹可循，故而终无超越。贫富贵贱人生变迁社会属性属于感觉结构层面，相对浅薄，不足为艺术准则；而生存未能直接决定艺术。以此，按诗人内在的精神结构，诗人分为农民、山民、市民、渔民、牧民五种。

以农民作为内在的诗人，是最大的一类：其精神内核是追求稳定性、可控性，情感先于利益但情感利益无界线；现实生活中弱者心态较重，精神世界却以圣人指标自期；写诗往往精神诉诸道统，情感流于自怜自伤；看起来自私，实际上始终处于寻找自我的过程中，自私的私乃是虚假自我。农民诗人终归于追求同质化，大诗人皆出自人生之异。

因采摘近乎种植，山亦为农民退居之所，故山民诗人最接近农民诗人。

市民的交易乃生活日常，理性大于感性，可以接受不稳定性，情感利益边界清晰，故而精神结构的稳定性最强。诗学于微观求新奇异，独立精神虽大于农民，小诗人往往流于算计，未见大诗人乃时代进程未足也。市民诗学超出中国诗歌传统，是汉语诗歌对接世界文学的第一座桥梁。

渔民把握当下。诗学对接交易理性，同时趋向佛学境界。但中国传统中渔民没有地位，未能形成独立诗学。可附丽于市民。爱琴海则孕育出蔚为大观的渔民诗学。

牧民则以草原的平面延展性、流动性、似无限而实有限性，介于农民和渔民之间。精神之旷达大于农民而小于渔民，诗歌气象同此。但以陆高俯冲中原故得汉语诗歌传统，略备成绩。

故而中国诗人之五民实为二民，农民和市民。

五民之说，实为粗略。若具体运用，则须叠加原生家庭、教育、职业和自我超度诸因素，莫能僵化。

这种分类法，从方法论上可以视为现代大众心理学的诗歌批评，进而也可以视为一种民主诗学；应用到观念中，以是否知晓自己诗观包括思想资源和风格路数之由来，也可以作为区分新诗人旧诗人的一个参考。

伙食诗学

以五民诗学论，简化地说，吃什么饭写什么诗，怎么吃饭怎么写诗。故而一切诗学皆可谓之为伙食诗学。伪装是无效的。只是演绎路径四点三折，看谁能拐弯了。

错位诗学

诗学在诗句之外就叫错位。

如达摩祖师改入天台华严。

如庄子周游列国。

两个模型互害了。

最难是无聊。

语言观

诗人在诗歌中说谎，情况颇为普遍。夸张、互文、戏谑作为修辞不计在内。此说谎单指人品而言。谎言借助语言而实现。诗人此刻玩弄和利用语言，其语言之不可靠，并非语言不可靠。

认知能力是第二层面。对着辽阔外部世界真诚地说着错误之语，只是不知道自己说的是错的而已。这种情况大约可以描述为"痴"。即使破入无对无错皆因果之地，也是能说清楚的，说不清的也不能怪责于语言。

个人认知能力超越语言整体表达力，以此方能进入第三境界，即语言不可靠。新的世界，大的世界，赖以一人之知推及众生，此道唯语言也，其实就是要等待语言的成熟。道家语言观和禅宗语言观大体一致，西方语言哲学殊途同归——作为当代常识，诗人习惯援引以遮掩自己写作上的懒惰和无能。

无知之知

笨诗人和慧诗人同在，彼此不能遮掩。小诗作于无知之手，大诗亦诞生于"无知"之瞬间。诗人当然不是无知的，小诗人知世间过去现在未来，大诗人亦知世外，全诗人兼知全体。唯在写作时抛弃知识而已。所遣者何？情思也。

"全诗人"是不是我新创的词？

诗人的学问

常言道：诗有别材，非关学问。《沧浪诗话》的原句是："夫诗有别材，非关书也；诗有别趣，非关理也。"民间话语和文人造句都很有道理。姑且拿来做不读书的理由也是可以的。但还是有门诗人必须懂、不得不懂、不懂也懂、懂了也不知道懂的学问，那就是命理学。谶语，一个真诗人一定会说出几句。

写诗就是赌博

写诗是很难的。无论有多大才华都不够用的，无论有多少好酒都不够用的，无论有多少爱情都不够用的，无论有多少学问都不够用的。写诗，写着写着就写出了绝望。

做诗人更难。写出好诗只是做诗人的起点而已。后面是一连串的绝望：做人够不够？做事呢？日子过得怎么样？家庭关系如何？简单地说，按照长时段总逻辑，人须先做到不朽，才有资格传诗于人、于世、于后。

十几岁就开始写诗就要做诗人，人生真是草率啊。上了赌桌怎么能下得来？坚持到散场，除了勇气，还能靠什么？

靠天。

懂不懂诗

懂和不懂的问题，今天补一条：执着于"诗"，尤其是修辞问题、语言问题，则必致搞不懂诗。不是要"功夫在诗外"，也不是要注重"诗歌外部问题"，而是要厘清边界问题。二战以来，诗的边界在迅疾拓展。"纯诗"是自我约束，必为死路；"非诗"是拓展疆域，赋予新生。若能执两用中，或可平稳推演；当然并没有什么平稳，唯是当下心安而已。实际的可能是，一个你不知道的诗人，正在某个秘密的角落用一首"'新'诗"刷新你多年后的认知。

诗学与死学

历史并不能真正地抵达，但凡能说清楚的，一定是过往之静止片段，皆为死学。未来诗学是未来哲学是概率论是博彩实践，并不是付诸文字的各种饭票。所有以诗学理论为指导的写作都是死路，也许谁可以转化为肚儿圆，或者一条有点短的线段。诗学和司法差不多，都是必须迟到的总结陈词。诗人在诗句中活生生的爱恨情仇，成为批评家笔下已经死亡而冷冰僵硬的中立叙述。所以批评家和诗人应该是敌我关系。当然，政敌下朝后可以一起喝酒，阴阳两隔也是可以喝酒的；自己和自己也可以喝酒，只要你可以，就可以。

诗歌教育二三事

莫名其妙跟诗歌教育挂了钩，也许只是年龄增长的原因。一般来说，交流、探讨不是教育。另一种情况，同行前辈开示后学，是一个圈子内的做法，收徒啊宗派啊之类。吊诡的是，凡是需要教的，均不成器；真诗人怀疑一切，也是教不得的。所以诗人与诗人之间仍是不存在真正的诗歌教育。隐约记得某夜在诗尚酒吧，一个年轻人讨教如何写诗，我答之以"乱写"，他一脸蒙。后来再遇到"青年讨教"我就不敢轻易说话了，江湖高人多，也许人家只是考考我。

2010年为上海进华中学进华诗社讲座时，除了讲一些常识之外，我着重推荐阅读黄翔的诗。这实际上还是一个教人做诗人的路数。当时应该还没有反思到这一点。诗歌教育最忌讳教人做诗人，当然也不宜以做诗人的指导思想渗透进写作和阅读教育。偶有特别诚恳要做诗人的我也只是辨其根性、随缘说法、略加点拨，再后来只是推荐一两本合适的书而已。所幸青年人多喜欢学院派，江湖人士喝喝闲酒更美好。

2016—2017年做了一些面向公众的诗歌普及教育的尝试，如跟喜马拉雅合作做《如何读懂现代诗》音频课，可惜博士们的讲稿概念太多，普通读者听不懂，只能作罢。我自己做了"《静夜思》课程"线上线下双示范，自觉已经朴素到接近无知了，同学们还是似懂非懂，大约只起到了震慑家长的作用。

当时情绪还是比较高涨，还敷衍了一篇《诗歌教育的主体》，想法还是老一套，即诗歌教育要靠诗人亲自下场，教授们靠不住。当然这个想法也是靠不住的，诗人的主体性一旦施展开来，恐怕要引起些许混乱。思路就逐渐转移到师资培训上来，学生教不来，就教老师吧。让老师们去教学生，这样比较稳妥，效用递减，却可操作一些。只是慢慢地不再对诗歌教育这个事情抱有热情了，偶有讲课邀约，都要婉拒。诗歌教育的主体其实是社会，是文明史。个人无为。

2020年年初，接受了一个邀约，做了一个线上讲座，题为"基于诗意生活方式的诗歌创作和阅读"，路数比较清晰，就是大家读也可以，写也可以，只作为生活点缀即可，即使写多了也切莫想着做诗人这个事情，甚至连"写好诗"都不要想。少年学写诗，无非语言运用能力的训练；成年人尤其是中老年学写诗，无非消磨时光，或美化生活的。家庭主妇学诗最好，可以把审美能力的提高转化为下一代素质。青年人学写诗，一般是中文系作业和个人爱好两种情况。前者是个制度问题，集中于技艺教育，不涉及为什么要写诗、写诗以后怎么办等问题，往往要造孽；后者就是私事，他热爱诗歌，他要做诗人，那就祝福他。

总体来说，诗歌教育只有一件正经事可以做，就是作品选。要做到一个学生一种选本才算可靠。

去年有朋友建议我去教创意写作，我说教公文写作为佳。他说你扯吧，我说你才扯。少不得一番耳语，多喝了两杯老酒。

可以不做诗人

昨日游鸣凤山，前山为景区，且往僻静处走，却有一段野山，为年久失修之前景区也，渺无人烟，别有洞天。随脚步而行，心中疏朗，忽口占一绝：四十年来人间事，转身无非是一痴；问我西游何时归，已赠关山三千诗。此可谓破痴矣。四十年所痴者，无非诗也。当下了悟：可以不做诗人。写诗不如修道啊。下山后发到朋友群，平川说不吉利，我释说当前仅有一千二百首，还要写一千八百首呢，并加赠句"君有宴乐欲寻我，朝辞神佛暮见仙"，还有八十年好好享受。隔夜再看，原来无意识里还是要接着做诗人，只是"可以不做"而已。算是在执地与不执地来回逛吧。

2020.10.1—2021.3.8 昆明翠湖

"永结无情游"释意

我最近迷恋上了一句诗："永结无情游"。颠来倒去反复吟诵，这是小时候就会背诵的句子，现在才品出来一点味道，慨然长叹：吾三十年方知无情游也。

"永结无情游"是《月下独酌》（四首其一）中的倒数第二句。从诗的语境及其字面意思来看，李白是向月亮和月下自己的身影发出邀请，哥仨要永远在一起，一起去游览仙境。这是比较难理解的一句，要精妙地把握个中意蕴，须分无情、游、无情游三个向度仔细咀嚼。

无情的四层意思

从最表面来看，月亮与影子皆为无机物，乃无情之物，与之偕游，当然是无情之游了。这并没有什么诗意。

那么，李白是意欲借此反衬自己有情、多情吗？这句不是，"流水无情去，征帆逐吹开"（李白《送殷淑三首》）这句才是这个意思，赠别诗嘛，借流水无情说明人有情，依依不舍之意突出了。李白《白头吟》"兔丝固无情，随风任倾倒"也是这个意思——这种与有情、多情对应的无情，是世间之情，俗人之情，却非李白之情。

再进一步，多情到只能跟、竟要真的跟无情的月亮和影子结伴，李白是想借此表达自己很孤独、寂寞空虚冷吗？这是多数阐释者的意见，不过这好像不太对。其实庄子早就说过了，无情者，忘情也。《庄子·德充符》："吾所谓无情者，言人之不以好恶内伤其身，常因自然而不益生也。"所以开头的第二句"独酌无相亲"，也是好事情，无相亲多欢喜呀，省事了。李白是个大诗人，更是个大痴人，凤凰台上一句"凤去台空江自流"就露了一生全部的馅了，幸亏他搞干谒只用散文，不然诗要废去一半境界。痴人总有一天要觉醒，大痴则大觉。月下独酌发生在天宝二年，李白即将被玄宗弃用，大概已露出端倪了，奋斗几十年只牛了几年，情绪落差那么大，还不开悟更待何时！情感的本质是智商，白大师毕竟是超级聪明人，立马就彻悟"无情"。李白少时即亲道，不过一直没入门，这下好了，看破世事了忘情了物我合一了就能入门了。从诗人生活行藏的角度，我们可以得知，"相期永结无情游"可以看作是李白的一篇日记，他心里想说的是，去你的开元盛世天宝皇帝，老子要做正经道士去了。这个决心很大，很快他就在山东拿到了道士资格证。

无情的第五层意思

古人写诗抒情为多，故也常用"无情"一词，如杜牧《赠别其二》："多情却似总无情，唯觉樽前笑不成。"苏轼《蝶恋花·春景》："笑渐不闻声渐悄，多情却被无情恼。"龚自珍《己亥杂诗·其五》："落红不是无情物，化作春泥更护花。"这些诗描写的都是人之常情，与无情游的无情完全不是一回事。要说与本诗意思接近的，当属道友吕洞宾写的一首《沁园春》里的句子：这道本无情，不亲富贵，不疏贫贱，只要心坚。

我们看看李白的修道履历。据其自述，"五岁诵六甲""十五游神仙""结发受长生"，少年就亲道，读了点入门道书，游览了几座道观。20岁受了长生符，结交了元丹丘、东严子等道友。25岁时偶遇上清派大道士司马承祯，被老道赞为"有仙风道骨可与神游"，青年道友兴奋不已。李白在安陆期间开始"饵之以金砂""饮以狂药"，也就是服用外丹了。开元二十一年干谒失败的李白访道嵩山，亲自下手炼丹，以失败告终。两年后，拜入紫阳真人（就是司马承祯的徒孙）门下学道，了解了一些内丹学的知识。天宝元年，李白到天台山，也曾采药、服丹，而且吃到了"五内发金沙"的程度。天宝三年，短暂爽歪歪的李翰林开始"炼丹费火石，采药穷山川"，在修道上下功夫了，次年于齐州紫极宫受道箓，成为正式的道士，就"弃剑学丹砂""倾家事金鼎"，大炼丹了。从他的诗"铸冶入赤色，十二周律历。赫然称大还，与道本无隔"来看，这次是炼成了。安史之乱爆发，李白转赴庐山，"日照香炉生紫烟""早服还丹无世情，琴心三叠道初成"，像是内丹外丹同时修的意思，又交了个道友李腾空。后又辗转皖南敬亭山、秋浦、清溪、大楼山等地采药炼丹，有诗云"三载夜郎还，于此炼金骨""吾营紫河车，千载落风尘。药物秘海岳，采铅青溪滨"。可见这阶段修道境界再次精进。不过很快他就投奔永王去了，道门走了一个心不足诚、脚未实地的朋友，政坛多了一块废柴。总体来看，李白长期处于好奇和逃避的两端，入门后修行不足、道行尚浅，差不多就是个发烧友的状态，故而在明代《列仙全传》里只做了个小仙。

但李白"裂素写道经""我闭南楼著道书"，读书勤奋，对道教精神领会还是比较深刻。道是人类知识的极限，从知识论的角度较容易把握。李白要说的意思就是：道本无情。明月为道，身影为道。与无情交游，就是与道的交游。所以，这比忘情更进了一步。忘情，仍属机心。我本无情，则直入真理。李白的意思是，他就是无情。他的影子是道影，他的身体是道体。

游的哲学

游，在这里不宜理解为游览，后一句"相期邈云汉"的"邈"才是游览，"邈"应作动词解，通"藐"，但不是藐视。若作形容词解为遥远，则大谬，仙境就在眼前，就在心中，就在体内，不远啊。

游应为道教的游仙。李白是个正牌的道教徒，一生好入名山游，说的就是游仙。但这首诗还不是一首文体意义上的游仙诗，最多是"我要一直游仙"的宣言。游仙的鼻祖是庄子，李白也堪称庄子门生，所以还是要从庄学上来理解。

《庄子》里的"鲲鹏变"和"鱼乐辩"是两个关于游的原型隐喻，一个是鸟飞，即遊；一个是鱼跃，即游，均直指自由，既是自由之象，也是自由之体。鲲鹏之自由的核心在于"化"，即鱼向鸟的转化、海洋向天空的转化、线性运动向多面运动的转化、意识向现实的转化，转化之后即进入"化境"，则为优游，则为自由。鱼乐之自由则是庄子和游鱼的原初一体化，主体性和对象性在游的气化感通之中混沌化，同乐而不知乐，则为游，则自由。

庄子的另一个著名寓言庖丁解牛其实也是一个关于游的隐喻。

庖丁的"以无厚入有间"也是一种游，是应物之游，游心于物，是一种具体的逍遥。技进乎道，实现对物之限制的超越，就是功夫。没有功夫，就没有游。

庄子不停地游：体尽无穷，而游无朕（《应帝王》）；心有天游（《外物》）；游乎天地之一气（《大宗师》）；得乎至美而游乎至乐（《知北游》）；乘物以游心，托不得已以养中（《人间世》）……这些论述涵盖了形体、气息、心神、情感、人世等方面，既有玄思，也有生活。总体来说，在庄子的眼里，游是自由，是形、气、神感通一体的气化涌动，一种"天游"的整体性思想境界，更是乘物以游心的功夫论。

庄子的格局太大太大，浪漫、乐观、积极、担当，后世游仙诗人曹植、郭璞、庾信均为"衰人"（好像是钱穆说的：治庄多衰人），未能得其精髓，至李白亦如此——就本诗而言，李白要去做宇宙游民，把自己抛给虚无，此"游"可能接近人间与仙境的气化共振境界。袁虹说："内心挣扎的人到哪里都挣扎。"斯宾诺莎说："自由是对必然的认识。"李白在道门内心仍不静，知道而未行，故游而不自由。

人间最爱无情游

从游的意义反观无情，我们发现，这真可谓诗人之语、诗意之笔。

游本身即为无情，如果吕洞宾来写最后两句，一定会写成"永结云汉游"，一句意思全到了，但李白是专业诗人呀，所以他从道返回了，他必须画蛇添足，加上无情二字，变成一个修辞，以方便吃瓜群众和吃瓜评论家去理解和批评，不然，诗作为一个文体被破坏性使用，他们就找不到北了。这是李白的悲哀，非要玩传播学，要搞降维打击，维度是降下来了，打着兔子了没？宋史说"一命为文人无足观矣"，说的不是庄子，可见彼文人大约的确主要是指文章家、诗人。

诗仍是人间之物。

李白说，醒时同交欢，醉后各分散。我醉欲眠君且去，他在另外一首诗里也写到了这种人际关系模式。这大概就是李白心目中的无情游的表征——无情不似多情苦，兄弟们关系要克制，不要成天柔情蜜意的太不可靠了，只有无情才能永远在一起浪游啊。无情游，作为旅游产品之一种，仍有大行其道的群众基础，这是李白的知识产权。李白仍是人间爱戴的大诗人。

以庄子为参照系论李白对诗人不公平，我再赞美李白几句吧：律诗格律整饬，看起来很难写，实际上是个圆环结构，起承转合尾回到头就好了，主要是技术问题。五古则是格局问题，全诗是一种线性结构，其间经过多次转折，最终停在哪个点上，就是作者的水平和境界——就像一条甩出去的长旗，随风摇曳，乃"游"也！

各位无情游的游友，让我们一起欣赏这首人间文明史上的杰作吧：

花间一壶酒，独酌无相亲。

举杯邀明月，对影成三人。

月既不解饮，影徒随我身。

暂伴月将影，行乐须及春。

我歌月徘徊，我舞影零乱。

醒时同交欢，醉后各分散。

永结无情游，相期邈云汉。

2021.10.25—26 昆明

《梦游天姥吟留别》读札

再次楔入李大仙人的峥嵘之象，如新婚长别再逢，虽不知重复几何，仍深感震撼，亦有新大陆再现。

李大仙人神思飞扬，由瀛洲，跨天姥，越赤城，向天台，出镜湖而复游剡溪，可谓天马行空，无影无踪。好山好水好风光，其美其情，唯李大仙人深谙。我等知否？王琦可为李仙知音，在其注中不厌其烦大加注释那些山名水名（见王琦注《李太白文集》中华书局1977版），可谓极尽意象之内涵。然李仙展开否？

屈原之诗中有大量的名词建筑，不胜繁复，汉赋更不必言，不意李仙竟如是。李白者，谪仙也！何？仙犹如此，中国最好的诗人也不过如此！——当代以名词堆砌为学问者甚众，莫非前世遗毒？除却浅浮者自身因素，而汉赋不足以论，则李白与屈原同为其滥觞。

得此结论非一叶障目也，为之佐者，亦见其下文及李仙众多诗作，如《庐山谣》等。

"梦吴越"以下乃梦之源，依次为梦之波澜，则极尽瑰丽之色彩，雄奇之气势。而短短12句，引经据典化用他诗多达11处，其密度之罕见，实乃惊人，况如信手拈来，毫无雕琢之痕，其手法之娴熟，亦为惊人。其间意境迭出，忽显而晦，忽晦而显，烟霞既失则梦至极，极则与人接矣。文势浩荡至此，亦极而反，结语平衍，最为有力——惟觉时之枕席，失向来之烟霞。其调之平淡，其力之强大，成为此诗中最富于艺术性之笔，可谓非太白李大仙人之胸次，之笔力，莫可为此也。

便现实起来，想想世间乐事且如何？现实感太强了，只好纵情于山水：想骑白鹿开心颜，便不能摧眉不能折腰，其豪情其狂放其旷达，尽现此二句——且放白鹿青崖间，须行即骑访名山。安能摧眉折腰事权贵，使我不得开心颜，仙人可以为仙矣。

西施有一丑而不掩其美，美多也。有李大仙人此句在此，几个空洞的名词也会成为白璧微瑕。

综观全诗，梦也，气势豪情也。但终辩不过坟墓，李大公子诗云："才华横溢是我唯一的毛病。"可为李大仙人之谶语。

2001. 9. 14 上海

《静夜思》讲稿

第一节　《静夜思》风采

同学们晚上好,我是李日月。中国是伟大的诗歌的国度,诗教曾是道德教化,如今已回归为一种纯粹而高级的审美教育和心灵服务。

今天是农历八月十五中秋佳节,明月当空,将满未满,月色如水水如天,正是读一首古诗的好时候,我跟大家来分享《静夜思》。

最近几天我做了一个小小的调研,问了十个人,他们心目中的"中华第一名诗"是什么,票数最高的是诗仙李白的名作《静夜思》。

床前明月光,疑是地上霜。举头望明月,低头思故乡。

可能和大多数中国人一样,我们都是在很小的时候就会背诵这首唐诗,三五岁的样子吧。这首诗太朗朗上口了,很多人经常会一不留神就背了一遍，一生之中总背了几百遍吧。我们夸奖宋朝的词人柳永的名气大，颁奖词是"凡有井水处皆歌柳词"，李白的这首"床前明月光"却是有井水没有井水的地方都知道的超级名诗。

我们背诵的时候年龄太小了，只会背诵，而不知道是什么意思；长大了因为太熟悉，就突然有点空白。啊，什么意思啊？念头一闪而过，而一般不会去认真追究它的真正的、内在的含义。即使偶尔去想一下，好像也说不清楚，只是觉得它好而已。这也是一首名诗的基本特征——只是觉得好，但是说不清；或者说，尽管你觉得它可能不好，你还是很难挑到刺，而且往往你根本不敢轻易怀疑它是一首烂诗。

尽管我们可能说不清它的更深刻的内在含义，总归还是能够感受到它的诗意，一种淡淡的思乡的愁绪：

半夜失眠的时候，看到窗外的月光穿过窗户，好像真的给地板洒了一层霜，会感到十分清冷。身子缩了缩，抱紧了被子，猛然想到这首诗，一下子就想家了。

这首诗确实就是一首明明白白的思乡诗，也是思乡这个题材的名作。我们每个人都会思念自己的故乡，亲人和儿时的小伙伴。思念再深一层，我们就会多想一会儿；多想了一会儿，我们也许会翻个身。此时，我们很容易再琢磨一下这首诗的场景，也许会有疑问：躺在床上，头怎么举起来低下去呢？再接着想，房间里的地板，怎么会有霜呢？那会不会是在院子里？院子里怎么会有床啊？难道李白露天睡觉不成？这个场景到底是在房子里还是院子里呢？

瞧瞧，世间万事，就怕多问个为什么。稍微多追究一下，就是一大串的问题。这些疑问将引导我们不断地深入理解这首诗。

刚开始读这首诗的时候，我们脑子里出现了一幅画面：李白从床上起来，看到地面上的月光，像是霜一样洁白；他抬头看了看月亮，又低下头来，想念家乡。我们感受到了一种图画的美，有色彩，有构图，这种欣赏诗歌的方法，叫图像法，或者叫图画联想法，通过图画来感受这首诗里的氛围、情境和意境，古人写诗特别讲究"诗中有画"，就是这个意思。

当我们看到李白在思乡的时候，我们感受到了他思乡的情绪，也勾起了自己思乡的情绪，然后我们就把李白扔一边了，自顾自思乡、想念亲人去了，这叫共鸣，也叫情感代入，读者替代作者去经历诗歌中描绘的事件和场景，现代诗歌讲究的"叙事性"，也包括这个意思。

这是诗歌欣赏的两种最主要的方法，也是很多人无意中就会使用的方法。这是最主要的审美活动，也是狭义的审美。多数时候到这一层就可以了，但是如果你有了上面所说到的一些问题，要解决这些为什么，那么还要下点功夫，进入更广泛的、更深刻的、更高级的审美。

为了进入更高一层的审美境界，我们有必要进行一些知识上的准备。具体到这首诗来说，要搞明白这么几个问题：

这首诗是在什么时间、什么地方、什么情景下写的？

诗中的"床"是什么意思？

诗里面那个看月亮思故乡的人到底是谁？

这首诗好在哪里？

这首诗为什么那么出名呢？

问题不少，而且都非常重要，这不是枯燥的考据学，而是诗意生发的原点和审美伸展的路径，也是评价这首诗的艺术价值的重要参照。小诗里有大文章啊。我们将分四点讲，陆陆续续穿插着慢慢解决。在我们出发去弄明白这些问题之前，我先来分享一下我本人与这首诗的故事。

其实我也是长时期没弄明白这首诗到底是什么意思，从三岁会背诵，到了三十岁才搞明白了个大概。正常情况下，都那么忙，不大会去琢磨这个，可能就一辈子都不会弄明白了。但我三十岁的时候突然重读了《唐诗三百首》，那一年可能有点无聊吧。我查了很多资料，琢磨了很多天，搞明白了这首诗在知识层面的内容，忽然觉得没趣。我几十年来之所以经常想到这首诗的一个重要原因，是因为我不知道它到底什么意思，也因为经常会有一个合适的场景来遭遇到这首诗，静谧的夜色，发呆，思乡。我知道了其中的内容之后，这些美好的情感不见了，心灵鸡汤变成了冰镇皮冻，好吃固然好吃，只是没有了温度。所以我又花了半年的时间去忘掉。只是因为今天要跟大家来分享我的故事，我才又去回忆和梳理了一下。我发现我忘掉知识后，才再次体会到了其中的美。畅想一下，一个人在月亮下坐着发呆，多么闲适。我生活在上海，日常生活我们大家都是要讲效率的，但我不跟着社会节奏跑，我想快就快，想慢就慢，我就举头望月，低头发呆，爱咋咋的。我可以从钢筋混凝土中肆意回到大唐，跟李白一起看月亮，想想，能不感谢这首小诗吗？

所以我要强调的一点就是，我们学习知识的目的，不是获取知识，是追求更高级的审美，所以我们在学习过后要立即忘掉这些知识，只有忘掉这些概念堆砌的冰镇皮冻，才能领略到更美的美。一个伟大的读者，一个真正会生活的人，一个有高级的审美的人，他们都会不停地刷新自己的审美理念，扔掉过去所有的艺术理论，而今天要记住的也是为了忘掉——拗口是拗口了一点，相信聪明的你一定能够领悟。

好，我们再回到这首诗本身。这首诗从唐朝穿越了千年，至今为我们所传唱。厉害就厉害在这个一千多年。一千多年过去了，人类的基本情感没有变化，而生活环境却翻天覆地。农业时代，工业时代，信息时代，变化太大，还没有任何一个作家诗人可以用其文字来记载全部。当我们读这首诗的时候，其实我们是用农业文明的情感，在一个失落的迷茫的时代，和自己内心深处的那个稳定的农业文明的故乡去对话。

也许，对于我们这个时代的人来说，真正的返乡并不是回到那个你出生的地方，而是回到那个让你闲适的时代。当然，你回不去了，地理意义上的故乡你是回不去了，回去也是一个陌生的地方，"少小离家老大回，乡音未改鬓毛衰。儿童相见不相识，笑问客从何处来"，这样的句子，一念，鼻子就酸。但是，时间的故乡可以从诗里面回去。低头思故乡，你一低头，故乡就在你的眼泪中了。

哲学家海德格尔曾说，返乡是诗人的天职。返乡不仅仅是诗人的天职，也是每个人的共同精神需求。让我们一起再念一遍《静夜思》吧："床前明月光，疑是地上霜。举头望明月，低头思故乡。"亲爱的朋友，愿你能够回到故乡，开车，坐高铁，或者，通过一首诗。

第二节 《静夜思》改编史

有人在一个小品里朗诵过一首打油诗，很多人都知道："床前明月光，玻璃好上霜。要不及时擦，整不好就得脏。"

就是从《静夜思》改编过来的。挺搞笑，很能代表后现代的、解构的、无厘头的、娱乐至死的风格。

有人批评这是玷污传统文化，对诗仙的诋毁和不敬。我倒是不想对这个评价进行再评价，而是跟大家说说这首诗在古代是怎么被改编的。了解这个历史，就可以对当代的改编进行合理的评价了。

首先我们来看看李白《静夜思》的原版。

现存李白文集中，宋代版本是最早的，各篇的标题和内容也最一致，所以当代学术界一般认宋代版本为李白原诗。中国国家图书馆馆藏的《李太白文集》宋刊本、日本京都大学人文科学研究所影印静嘉堂藏《李太白文集》宋刊本、郭茂倩《乐府诗集》宋刊本，这些善本图书里收录的《静夜思》都是一个内容，今存《静夜思》宋代版本的特点就是一致性，即全部是"床前看月光，疑是地上霜。举头望山月，低头思故乡"。

由宋到清，《静夜思》版本至少有八种：

第一种就是刚刚的宋代版本；

第二种是"忽见明月光，疑是地上霜。起头望明月，低头思故乡"。在一部疑似元代著作中出现。这个改法，把床取消了，这就回避了床是什么的问题，也取消了场景，起头也莫名其妙，画面感就比较虚，可以说改得不好。但是看月和山月都改掉了，是好的。这首是改"过头"了。

第三种版本："忽见明月光，疑是地上霜。举头望明月，低头思故乡。"改于明代天启年间。沿用了忽见，把起头改回举头，算是一点点积极的东西。

第四种："床前看月光，疑是地上霜。举头望明月，低头思故乡。"明嘉靖版。这是只把山月改为明月。望山月的山字，是不是有点学院派的味道？读的时候要分神去琢磨一下山月、海月、楼月、水月的区别，有点讨厌。还有一个好处，山月是一种空间限制，没有山的地方，读者对诗的理解和接受度就不够高，明月则是放之四海的共同真理。这个改法确实是促进了传播。当然，也泯灭了山月所蕴含的大气象和文人趣味。

第五种："床前明月光，疑是地上霜。举头望明月，低头思故乡。"（学界俗称为"两个明月本"）见明万历年间李攀龙主编《唐诗选》卷六。这个就是最通行的版本了。前面解释了山字，现在分析一下看字。看的动作有明显的主动性，说明人一直在赏月的过程中。这其中的主体性是非常饱满的。有人解释为看的动作比较凝滞，我认为是不恰当的。但从音节上说，不太流畅，看月与地上不对应。看字换明字，解决了音韵问题。但意思改变了，更浅显了。从传播的角度，还是值得肯定。因为它还提供了另外一个阅读的可能性：因为没有主体，任何读者都可以把自己代入；但也可以把第三者代入，供自己旁观。

第六种："床前见月光，疑是地上霜，举头望山月，低头思故乡。"见明万历谢天瑞《诗法》卷七。这个版本与原著相比，只把看改为了见，取"悠然见南山"之意，好是好，落入窠臼了。但从文人雅趣的角度看，这个版本是最好的。

第七种："床前明月光，疑是地上霜。举头望山月，低头思故乡。"见明万历年间曹学佺编《石仓历代诗选》。王士祯编《唐人万首绝句选》卷一（清康熙刻本，本诗题目被改为《夜思》）。这个清代版本，名字变了，可以算一个异本，也可以认为就刻板的时候漏了一个字。这个版本是改看不改山，优劣与前面一样。

第八种：第二句为"疑是池上霜"，其他三句同宋本。见李攀龙《古今诗删》（徐中行订、汪时元校刻，明隆庆、万历间刊本）卷二十。这个把地改为池，水面上要是存了一层霜，得多冷啊。秋季不会这么冷的。这个改法也一般。

总共八个版本，明朝人搞出来了七个，万历年间就出现四个。最离谱的是，同是李攀龙编选或校注的著作中引用的《静夜思》版本就有五种。我们大体可以断定这都是明朝人故意篡改的。我们刚才念八个版本的时候，分别说了他们改得好不好，现在说说明朝人为什么这么改？

我想有两个原因，一是爱李白，二是做生意。

第一条是文学史的范畴。李白在唐朝就名满天下，皇帝也爱得不行，但他仍然是人，到了明朝就不一样了，明朝人特别爱唐诗，他们就把李白封神了，上了封神榜的李白的诗歌作品被更多的老百姓喜欢，稍微改一个文雅的字眼，变得更通俗一些，可以让更多的人更容易地接受，这也是出于大爱啊，大家一起来爱李白嘛。

第二条是出版史和版画史的范畴，这里有个说法，叫"光芒万丈的万历年间"，万历年间雕版印刷技术取得重大进步，市民经济崛起导致市场需求提高，所以民间刻书坊特别多，出书管制也少，书商的生意是很好的，为了让生意更好，他们就吹嘘自己搞到了善本、孤本，又是新编，又是重订，改动一两个字，博取眼球，提高销量。

当代的篡改，都是莫名其妙的；而明代人无论怎么改，都是在诗的路线上进行的，思故乡这根主线从来没有动过，说明人家还是懂诗的。

清朝人还比较老实，很少有篡改的痕迹，康熙钦定的《全唐诗》选的还是宋代的版本。但是在乡下的私塾里，也就是基础教育这个层面，流行的蘅塘退士编的《唐诗三百首》，选的就是两个明月版。一直到现在，《唐诗三百首》还是很流行。所以，我们也就一直念这个版本了。

宋代人不怎么理会，明代人是爱之、用之、乱之，清代人是传之，当代人则变成了小时候死记硬背，长大了胡改乱编。这首诗的命运还真是有趣。

第三节　简单背后的两个疑难杂症：
床到底是什么？人到底是谁？

上节我们聊了一下《静夜思》的八个版本，宋本和"两个明月本"影响最大，所以争论最多的也是这两个版本，争论的问题是床是什么、疑是什么、望的什么月三个问题，但争论的核心是字面意思背后的艺术问题、趣味问题，也就是诗意的阐释方式和艺术的孰优孰劣。

我们先来看看床。

我们多数时候想当然地会把床当成我们睡觉的床，现代的床，就像我前面说到的，如果是床，我们躺着就没有办法抬头低头了。其实关于床，有多种解释：窗户，凳子，马扎子，胡床（坐具），井栏，井台。这些解释各有各的道理，都有其自圆其说的可能性。

有人把全唐诗所有的床全部统计了一遍，发现床解释为睡床的比例超过了80%，所以这个床也是睡床。还有其他很多理由来证明是睡床，我就不多举例了。但是"井栏说"也很有力度，李白的另一首诗《长干行》有"郎骑竹马来，绕床弄青梅"之句，同人同字应同义。"坐具说"等其他说辞也各有各的文献学证据。

从古典文献的角度来考证，这种方法的缺陷是很难认定原始文献的有效性，所以考据官司是打不赢的，可能也输不了，但总归没有结果。

其实，有两个角度来理解这个字的意思是很好的。

第一是从诗意的、从审美的角度来理解。

我个人倾向于解释为井栏，理由如下：井栏是竖立的，与地面呈现一个立体的交叉，诗里的画面就有立体效果。

如果是井栏，必然在院子里，看的苍穹、山脉、圆月，这样的审美气场就比较阔大，是盛唐气象啊。如果是睡床，一般是屋子里，就不够大气了。

第二是从版本嬗变的历史脉络来理解，从宋明社会变迁来理解。如果前面的还比较主观，这个就比较客观。

明代已经是个市民社会，小市民的审美成为社会主流，把诗的意境改小一些，通俗一些，更符合老百姓的心理需求，符合历史演进的审美观。所以明代人会把看月光改为明月光，看山月改为看明月，这样的场景基本就可以限制在室内，更加精致、优雅、文静，所以"两个明月本"就必然广为传唱。所以这个床就必然是睡床了。有个专家建议，给中小学生讲课就说睡床，给大学生讲课根据教材选的版本来决定是什么，虽然有点搞笑，似乎也是个道理。

综合起来说，原著表现的是"赏月思乡"的场景，传达了主体意志，有强烈的主动性在里面，气魄大，有难度，是盛唐气象，诗仙胸怀；明本表现的"触月思乡"的场景，触景生情嘛，比较被动，也更符合平常的生活现实，是晚明幽暗，是市民心情。

看月者是谁是我个人提出的一个新问题。这个问题过去没有人提出过，我看过的资料，都把看月者说成是李白本人。我认为这是一个粗暴的误解。这首诗从头到尾都没有明确提到是谁在望明月、谁在思故乡，标题里也没有。这个人可能是李白，也可能不是。我从三个方面来解释这个问题：

一是李白本人是个"没有故乡的人"。他生于中亚，5 岁迁居四川。李白说他自己"但使主人能醉客，不知何处是他乡"，他浪迹天下，四海为家，思乡之情是比较薄弱的，而且这首诗写于开元十四年，那一年李白 25 岁，像他这种一生中精神都比较昂扬的人，在 25 岁的青年时代，激情满怀，更不大会思乡。

二是此诗写于扬州的客栈。扬州那时候是商业中心，客栈客人应该很多，半夜纳凉的人大有人在。诗人看到了旅人、井栏、月亮——井象征着故乡，这是从井田制时代就形成的一个文化习俗。看到井就想到家乡，并不是看到月就想到家——顺口吟出来一首思乡诗是很正常的创作逻辑。大诗人乃是天地之心，人性的代表，随手写一首诗都可以是传达天地意志，或是代表人类发言，不一定非得是，而且很多时候都不是，写自己个人生活的小情小调。所以这首诗极有可能写的是别的旅客思乡。

三是诗里主体缺失是中国诗歌的一个传统，从中国传统精神上来说是人与万物融为一体，不能搞个人主义，把自己太突出了。但李白不是这样的人，李白的诗也不是这样的诗。李白的诗里主体是很强烈的存在，李白乘舟将欲行、我本楚狂人、天生我材必有用等，都有一个很突出的自我。与此对比强烈的是杜甫，天宝十五年（756年）八月中旬，杜甫也想家思念亲人了，他这样说："今夜鄜州月，闺中只独看。遥怜小儿女，未解忆长安。"杜甫太别扭了，明明是自己想家，却不说自己想，非得说是老婆孩子想他。杜甫诗里的主体是极其隐晦的。李白最看不上这种写法，婆婆妈妈小家子气。所以李白写了一首思乡诗，又没说是自己，那就很有可能是别人。

我们前面说过，要在审美上更进一层，就要有一定的知识基础。我们把床是什么和人是谁这两个问题搞清楚了之后，我们再对这首诗进行审美体验，感觉就不一样了，更舒畅了，更精妙了。

第四节 一首名诗的成名之路
——《静夜思》的人格启示录

《静夜思》走向超级名诗之路的全部历程，可以分为这样几个关键节点：李白封神——市民社会形成——印刷技术爆发——多次改编和异本营销——进入最流行的选本——再次进入另一种最流行选本——五百年终成超级名诗。

所有最伟大的作品都是人民的集体智慧，许多经典，都是没有明确个人作者的集体作品。《静夜思》有明确的个人作者，也是经过了无数人的不停再加工，变成一个集体作品之后，才得以成为超级经典名作。也就是说，明代的改编，把《静夜思》从李白的个人作品，演变成了集体作品。这种改编从后期结果来说是积极顺应时代变迁、调整审美位置的行为，出发点是什么，气着李白没有，这些已经不重要了。

作品一旦发表，就不属于作家了。所以，作家诗人要看得开，不要因为高雅作品的庸俗化而生气，说不定它正在成为超级经典的路上，自己走得正开心呢。

《中庸》说君子之道要四通，通庶人，通帝王，通天地，通鬼神。第一条就是通庶人，要跟老百姓打成一片。我看这条祖训，历代儒生没有几个记得了。总之，天道人道，一时搞不明白的话，就多背诵几遍"床前明月光"吧。

2017.9.24 昆明

"采菊东篱下"层次谈

明明又如期而至。自从他创立了鸡汤公司后，生活方式倒是健康得很，每天早睡早起，颇有点日出而作日落而息的古典美感。

他进了门就对着黯黯嚷道："今天早上我发现太阳像个大苹果。"

黯黯："是什么引发了'像'？是红还是圆？"

明明："不，太阳并不因为不是苹果而不像苹果，太阳像苹果是因为它在我想吃的时候及时地出现在了我吃得到的地方。"

黯黯："哎呀，你在写诗吗？"

明明："我并不知道什么是诗，我从来没有读懂过诗，不过我倒是真的想学写诗啊。一个人加班到后半夜的时候，透过公司落地窗俯视万家灯火，我就深深体会到孤独是多么可贵，此时此刻此情此景，就想写诗。"

黯黯总是想把所有人都变成诗人。我打断他们的话，对明明说："你还是好好经营你的公司吧，写什么诗啊。这个世界上有黯黯一个诗人就已经嫌多了。"

"哈哈，日月兄说得是，等你发财了再来学写诗吧。现在就读读诗算了。"黯黯的话刚落音，酒葫芦已打开了它的芳香。

"不过，要读懂诗，可能比写诗还难。"我觉得企业家根本不用读诗，现在艺术和娱乐形态太多了，电影和歌舞团、音乐厅和KTV、美术馆和赌场、洗浴会所和航空公司，哪一个不比诗更加声色犬马、糜烂劲爽！诗太抽象了，读起来烧脑、费劲，读也不要读，还是打消他们的念头为妙。

"诗是最高级的艺术，我必须搞懂！"钱能让人疯狂，明明还没赚到钱就已经疯狂了，他补充道："我很快就能搞懂，只需要黯黯大叔给我举三个例子。"

明明把酒和鸡汤一起捧到黯黯面前："听说黯黯老师是少数几个喝醉了还能把话说清楚的酒徒，名师必然出高徒，学费另付，开始整吧。"

人类最奇妙之处就在于，他们有形形色色丰富多彩的自杀行为，光自杀实践还不够，还要搞起来配套的自杀理论。奇人异事我见多了，诗人教企业家读诗，还是头一遭见。我兴致勃勃地想，这也许是人类新发明的自杀手段，人要在审美中死去。

黯黯咽下一大口酒，清了清嗓子，缓开绣口："读懂诗的第一步，是想明白，你一定要读懂诗吗？"

"精力过剩啊，没办法，世界上所有好玩的事我都要整一遍。"明明应声回答，又略一停顿，说："我知道有时候要弄懂，有时候不需要弄懂。"

黯黯大悦："孺子可教，可以谈诗矣。"

"就以你从小就背过、小学中学大学都要反复学的最著名的三句诗为例吧。今天先讲第一例子：'采菊东篱下，悠然见南山。'你先来说说，是什么意思？"黯黯第一次登讲台，居然就和所有的老师一样沾染了爱提问的毛病。

明明觉得黯黯老师有点傻，我明显不会你提问干吗，不过，虚心求教是个紧箍咒，他还是认真地说："我只知道是陶渊明写的。"

"还不错，没说成李白。要读懂诗的第二步，就是要放松，不要紧张。诗没什么大不了的，你读不懂也没有什么大不了。哈哈哈，我们下面切入正题。看你骨骼清奇，是个读诗奇才，我就说快一点，你听好了：

"这句诗有若干意义层次。第一层次，是字面意思，诗句很简单，不用翻译，我们说这个'见'字，在这里先读［jiàn］，'看见'的意思，'悠然'修饰的是看山的人。这里有个版本异议，望，用'望'字就是用'看'字。这个采菊看山的人，和你们上海淮海路星巴克的玻璃后面坐着喝咖啡看路人的人没有什么区别，和热衷于跑到乡下去玩民宿搞乡村旅游的人也一样。这就是这句诗出名的根本原因，每个时代总有深厚的群众基础。

"第二层次，'见'字，在这里先读［xiàn］，通'现'，显现的意思。南山自己显现了，'悠然'修饰的是南山。采菊之人必然是内心悠闲的，眼界是超脱的，才能体会到南山的悠然之美。这里发生了一次移情，人的悠然转移为了山的悠然，更加衬托人的悠然。这才是苏东坡鼓吹该诗的原因。你可以想象一下你去夏威夷海滩休假，正发呆时有人自带酒菜来投怀送抱。

"第三层次，'见'字意味着人与南山的自在的相遇，内有喜悦之感。人可能还是在低头采菊，并没有抬头、扭头去看的动作，南山也没有位移，也没有跑到人的眼前嚷嚷'你看我你看我'，但是二者相会了，在人的心里，也在山的心里。此时，空间消失了。人、菊、篱和山融化为一种共时性的存在。但各事物仍是独立的，是君子和而不同之美。就像这紫金葫芦里的酒和我，此刻我没有饮之，但我们各美而同美。

"第四层次，你知道采菊的人是谁吗？陶渊明没说是谁。主体的缺失，恰恰带来了自由的替换可能。可能是陶渊明，也可能是你。如果你感到是你，祝贺你体会到了此中真意。此时，你发觉主体是谁都毫无违和感，哪怕是一头猪，哪怕是菊自身，猪采菊和菊采菊都是美，人、猪和菊是统一的。人与物的主体同构性，就是中国哲学的伟大传统。可以说，这句诗给我们提供了一条通往天人合一的路径。

"第五层次，这句诗看起来是写的自然、山水，其实还不是。联系上下文看看，他写的还是'人境'，之所以有南山之美，靠的是'心远'；最后入眼的是飞鸟结伴而'还'，回的是家，而不是回到自然界；而体会到的'真意'，居然还有'辩'的可能性。所以整体来说，此诗写的是人生，此句写的也是人生，不是写'自然'，不过是从自然中看到了人生而已。所以陶渊明不是真正的山水田园诗人，他还在试图挣脱人生哲学传统的惯性；但陶渊明在两晋时期的玄学风气和道儒佛的纠缠之下如此致力于思考人生，已然有了禅宗的萌芽。——如果你足够无聊，你要能够在一句话、一个词中看到整个文学史和思想史。

"第六层次，这句诗出自《饮酒》组诗第五首，读完，琢磨完，就忘了吧。一句诗不是一首诗的全部，一首诗不是一组诗的全部，正如标题所言，这紫金葫芦里的酒才是全部。喝，喝醉，酒醒后再读一读这句诗，又是一句新诗，又是一次新的审美。好诗不多，反复品读少数几句即可。在一句诗里循环的美好，胜过在命运中轮回的美好。

"明明，你听懂了吗?"黯黯说了 5 分钟，然后又提问。

"如此清晰、明确、层次分明，我很懂啊。"

"你来说说。"

"我刚刚喝了一杯酒，又忘记了。"明明把空空的酒杯放下，含混地说，"我想听你讲第二句例诗。"

2017. 3. 25 昆明

诗的图象哲学

明明："有一些事，有一定复杂度，说清楚有困难，从任何一点开始说，都可能会产生歧义。"

黯黯："就像佛学，道理很高深，全部用比喻来表达，在事物的外围打转，所以只能是似懂非懂。当然，诗也是如此。"

日月兄："一件事的各个层面，就像圆环上的多个点，只有在环的结构中被解释，才能说清楚嘛。"

明明："麻烦就在于嘴只有一张，一定是要从某点开始说起嘛。"

黯黯："一旦是局部，一直是局部，这就是抽象力限制。"

日月兄："所以，象就是厉害嘛，一个象就能涵盖一切。象即言，象即数，象即意，象的整体性任何哲学都替代不了。话有第一句，诗有第一行，图却没有第一笔，这就是象的圆融、混沌和整体，这就是力量。"

明明："向老祖宗学习，搞企业、办事情也都要画图。"

黯黯："少写诗，多画图。"

日月兄："少说话，多画图。"

2017. 12. 5 昆明

修辞的异动

"黯黯兄最近有何新作，发来分享。"斜阳既暮，又月迷津渡，恰好是日月兄出来活动的时间。今天的聊天从早上改到了黄昏，地点也第一次离开了上海博物馆。时间性和空间性的双重异动，让黯黯讨厌明明又想念明明。日月兄喜欢这样的悖论。当没有诗的时候，悖论是最好的下酒菜。

"你知道的，没有。"黯黯是悖论的注脚，也是荒诞的主体。

日月兄喜欢这样的荒诞。

是的，荒诞多么迷人。

"你不写诗，怎么能称为诗人呢？"日月兄明知故问，你知道的，他实在是太迷恋这样的荒诞了，他一遍又一遍地沉浸在历史的重演之中。

"你知道的，诗人之所以在不写诗的时候还被人称为诗人，是因为他写诗的时候没有被人称为诗人。"黯黯最近逻辑能力见长，多么拗口的意思都可以流畅地表达。他耸了耸肩，意思大概是说，瞧，不写诗多好，连语言技术都有进步。

"不错，你改变修辞了，这样很好，也许会和以前一样，没有一个读者会买单。"日月兄是一个思想家,洞明万事,实在不会安慰人。

"没事,反正大家都看不懂,也没人看——这正是我写作的乐趣之所在,"黯黯说,"世间事,皆因无聊而有趣。"

"你这意思是说,因为大作从头到尾皆不知所云,所以出版审校对你而言形同虚设。倒是挺会自我安慰的,什么时候学会的?"日月兄难得幽默一回,抓着一个梗不放,非得把一口甘蔗嚼到渣才甘心吗?

"实言相告,我还是写了几首旧体诗的。你知道的,人不能太智慧,否则这个世界上谁都骗不了你,最后落得个自己骗自己玩儿,得是多孤独啊!"

黯黯说这句话的时候,感觉一点都不荒诞,更不凄凉,日月兄接住话风,说:"你觉得旧体诗不算诗吗,还是觉得自己不能算人?"

他说这句话的时候,把一只宽厚而温暖的大手搭在了黯黯的肩膀上,眼中流露的关切之意,催熟了一颗葡萄。

"我非常不喜欢你刚刚的措辞诱发的读者潜意识里隐藏的人类中心主义,"黯黯适时摘下了那颗葡萄放进了嘴里,呜呜曚曚地说,"你知道的,我曾被人类学家命名为黑熊,被妖怪学家称呼为黑熊精。这又能说明什么呢?我可以变化为任何物种,我喜欢变鸟,不喜欢变人。人不好玩儿。"

"好吧,现代主义旧体诗也是诗。"日月兄说着就翻诗集,就要吟上一首,那时世界寂寥,土石聆听。

那诗里有这样一句"能明物事何须字,我把秋文贬入春",端的是欢喜啊。

2017.9.1 昆明

读不懂诗也是传统

明明今天早上迟到了，他进门就解释说："我看到花，脚步就慢了下来。"

黯黯一听，顿生欢喜。

日月兄接过那碗热度消退、心理正常的鸡汤，对明明说："现在读得懂诗了啊。"

"好像还没有吧，黯黯老师的诗歌课才讲了两次，但也偶尔能够聆听妙音了。"

"呵呵，"黯黯发出了苏东坡 style 的笑声，"读不懂诗很正常啊，与我们中华文明的灿烂诗歌传统平行的就是中国人读不懂诗的传统。"

"什么，难道还有别人跟我一样读不懂诗吗？"明明惊喜于同道之多。

"孔子把《诗经》作为孔门必修课，学生里面就有很多人读不懂啊，他们动不动就说'有诗为证'，只是把诗当成历史来读了，老夫子气得不跟他们谈诗。到了唐代，白居易致力于从创作源头上推进诗歌普及工作，每一首诗都要读给老太太听，反复修改到不识字的人能懂为止，导致老白同志诗越写越差，都写成家庭生活账单了。

"最能贴合这个传统的是号称'文华风流'的大宋朝的乌台诗案，苏东坡确实有明显反对变法、嘲讽新法官员的诗，比如《吴中田妇叹》'龚黄满朝人更苦，不如却作河伯妇'用了三个典故，意思是你们一帮傻瓜都是清官却把老百姓逼到了跳河自杀的分上，御史台的官老爷们就没看明白，没作为罪证，反而把八竿子打不着的写弄潮儿的诗穿凿附会成为罪证，'东海若知明主意，应教斥卤变桑田'明明是说东海龙王要听皇帝的话把大海变成良田，让弄潮儿去种地免得在钱塘江里丢掉性命，御史们却理解为这句攻击农田水利法，矛头直指神宗皇帝。"黯黯这几天谈苏东坡逸事有点收不住口。

"哈哈，科举考诗赋，这样选拔出来的官员都看不懂诗，真是好，我们老百姓就心里坦然了。"明明马上接话。

"还有让你更坦然的呢，估计你都不敢想象吧，专业的诗歌评论家也不懂诗，一下笔就是价值，一开口就是意义，靠哲学和社会学混江湖，满满的套路啊。当然了，诗歌理论家是最不懂诗的。他们是另外一个世界的人。估计白居易再世，对着他们反复朗诵反复修改也无济于事。"

"真的假的啊，他们都发扬传统吗？你不要欺负我读书少啊。"明明惊恐万分，又问，"那么，懂和不懂的界限在哪里呢？"

"不懂诗的人谈意象的指向，琢磨的是'写的什么'；懂诗的人谈气息、修辞、章法，思考的是'怎么写的'和'为什么这样写'。"

"我听起来前面的人是读者，后面的人是作者，你这意思就是不写诗的人就不能真正懂诗了啊，好像不对哦，我记得你以前说过，大诗人要有三个译者，哲学译者、艺术译者和音乐译者，既然有这么多侧面，为什么你现在狭隘地强调修辞？要知道，即使有这些译者存在，绝大多数人仍然不是写作者，他们必然要从意象入手来理解诗歌。同样是写云朵，你用卿云，他用白云，她用彩云，高下立见啊。"明明再次反对。

"语境啊，兄弟，你写不写都无所谓，能进入诗的语境就可以啦。"黯黯说完，接着说，"现在的时代，所有人都要跨行生活。文科生看科普图书了解宇宙，理科生就要看文普图书了解文艺。谈个恋爱都得寻找通约性，所以搞搞通识教育也算是为爱情婚姻生活积德。所以人人都应该读懂诗，对于不写诗的人来说，诗是一种生活修养。"

"懂不懂都无所谓啦。"葫芦官拍下了惊堂木。

"反对！读懂了诗，既拯救了一个庸俗的生活，说不定还可以挽救一个诗人的生命。"企业家继续反对一切平庸观点，眼看着就成了诗人的知音。

2017.5.27 昆明

第二辑

酒国诗学

语言伦理偶发

早年偶得王鸿生教授惠赐《语言与世界》一书，久而尚存两个记忆，一是王老师文风温和，二是"跃入语言"。写诗的历程，大约就是先被抛入，后来不断重复出逃和跃入的游戏。交织了沮丧和激情，从不失自由和独立。但是伦理未免沾染了暴力——伦理作为道德哲学，一指个人品德修养，再指社会道德观念及制度。介入诗学日常语境主要指向后者，即伦理作为一种结构。从这一意义出发，语言伦理就是狭义的语法学，体谓系主谓宾语音语义语用语态之类——一首诗的语言如何重回温柔之境？

能不能广义一点？且先从修辞学、文化史、生活美学和语言哲学几个角度进行初步思考。语言伦理，这里恐怕还是要具体到词语。

词语的伦理是一种修辞技艺。一个词语只能写出一首好诗。词语的伦理从其自身的音声形色出发，在句子中的某个位点暂住而成为某种结构成分，再继续漂移，路过语言自带的含义，与自身展开搏斗，取消自我或者重构新我。词语映射世界、文明和人心，裹挟着诗人微妙的趣味，像一个太空游客，在未知的茫茫莽莽之中留下痕迹。一个高洁的词坚持自我清洗，决绝地抛弃任何隐喻，它发射的气味阈值很低，似乎不愿意被人嗅到，又静静等待一个特别的诗人来悄悄领略。一个高贵的词很脆弱，一个7岁的童子就可以抽打它，但它自有一种专用能量可以顽强地抵抗盲目扩大的语用，即自身的熵增，仍是只为了一首伟大的诗歌而存在。词是自我的基因，是原始的存在。棋手下棋，但词推敲诗人。

词语的伦理是一种宏大隐喻。一个词就是一部学术史、文化史。

词语的伦理是一种生活美学。一个字眼就是一种人生。我喜欢把学术和学问、儒学和儒家分开使用，这大概是写诗留下的怪癖。学术和学问两个词的含义大体一致，微妙的区别恐怕是我加之于它们的：学术重范式，学问重见识。学术训练的过程很漫长，正经治学一般要通过这个过程，然后才能抵达"有学问"的境界。人生苦短，掣肘重重，大多数学者不得不累死在学术范式之中。残忍了。儒学有极高的境界，一句"生生之德"足以让人参悟数十年、哭上一整夜；但儒学中的"践履"思想实际上又变成了一种筛选机制：一旦行动则为儒家，则大概率被磨损掉，乡愿、伪君子比比皆是盖源于此，极少极少的人幸存下来，不辱儒学，成为圣人。太残忍了。佛学和佛教、道学和道教这两对词语训诂起来界限明显，含义清晰，不必使用佛家、道家这样的字眼。道家这个词已经太广泛使用了，非得憋着说话也不舒服，但是，亲爱的失语症，这不就是一个人的真实生活吗?!

词语的伦理最终意味着自我消解。一个词语就只是一个影子。佛陀所谓"不可说"已是终极真理，但他似乎做不到沉默，他还要开一个方便法门，说法之后再加一句"我什么都没说"，对于听者而言，唯有"如是我闻"，才能消解其譬喻说法，得悟真理，得大解脱。语言有罪。中国从述而不作到为赋新词强说愁，是一个巨大的衰败，诗人堪称罪魁。维特根斯坦到了 20 世纪还在强行重述："对于不可言说之物就必须保持沉默。"世界只存在于语言之中实际上是西方文明黯然销魂的终极投降。人类从根本上无法认知世界更无法表达世界，全人类都是失语症患者。所以，全人类的总导师老子开导说："道可、道非、常道。"如是我闻：既然我们无法认知真实世界，那就随便说说你的顽空和我执吧，不能说的也可以经常说说。人生卑微，我们要爱自己。换了一个视角，诗人重新站了起来，成为拯救者。有脑子的诗人都会说："我什么都没写过。"

2021.12.19 昆明

过滤器与抽水机

冬日的朝阳清冷而耀眼，光线穿过锐利的玻璃似乎可以给人以穿透力的加持。小文的朋友圈转发了她的诗歌班信息，我就躺在被窝里忽然感觉到了诗教的美好。当代诗，搞创作也罢，搞批评也罢，恐怕都是残忍而讨厌的，只有诗教是美好的。

诗歌创作的本质，就是诗人对个体生活经验的筛选和表达。人活一世，有多么鸡飞狗跳，这是所有人共有的经验。而其中偶发的吉光片羽，被筛选出来，被表达出来，成为一种观照，一种抚慰，一种指南。这是作品的功劳。尽管艺术门类多种多样，但诗歌是整体性艺术、一切艺术的终点；尽管数字时代加速膨胀，富媒体艺术的表达极致性几乎登峰造极，但诗歌仍然傲立在极致表达的前线，而以其更富于深刻性得以永生。就当代经验而言，诗歌，毫无疑问是最佳载体。阅读诗歌是幸福的，但创作诗歌是残忍的。这点恐怕读者未必能够理解，但诗人都应该感同身受。诗人以个体肉身对抗着时代的挤压，也对抗着创作的反噬——看似诗人情绪出口的诗歌创作行为，实际上最终都指向了对诗人肉身的伤害。可以说，每一首诗歌的诞生，都是诗人用血肉换来的，读者读到的每一行诗，都是诗人以自身为过滤器，所供应优化后的时代经验。这是第一层过滤。

一首诗歌诞生后，并不是马上传播的。自媒体看似促进了传播自由，实际上消解了传播的势能，传播效率急剧下滑。读者的心智容量的有限性，无法接纳诗歌数量的无限性。自媒体失效了。此时，一种过时的生物——诗歌批评家——的价值再次被唤醒。当然，这只是理论上的；在实践中，当代批评家还没有真正地走出1990年代以来被商业批评左右的阴影。当代最权威的批评家名叫算法。单一平台及互联网整体均被算法笼罩，诗歌传播被算法决定，这就是流量诗学。也就是说，尽管人类批评家暂时缺席，但读者所读到的诗歌，仍然是经过批评家筛选、推荐的。这中间经过了价值判断、是非判断、审美判断等复杂过程。算法批评家是第二层过滤器。如果我们暂时性地不考量批评家丧失独立性的推荐、算法被控制的情况，只有真正的好诗才会被送到读者面前。

于是，读者读到的每一首诗都是被匠心创作、精心挑选的，富有多重价值的作品。尽管如此，一首诗猛然推送到读者的面前，他仍是懵懂的。他可能难以在第一眼就看懂，也极有可能长时间都看不懂。毕竟，诗歌是思维的艺术；当代诗更是观念的艺术。其特有的艺术形式、艺术手法和艺术结构无时无刻不饱含了封闭性、区隔感。即使一首诗书写的是共同经验，读者也难以精准把握诗人所设定的每一个微妙之处，何况经过变形、转化、升华后的个体经验。此时，算法作为批评家失效了。原初意义上的只与同行对话的专业批评家也只能耸耸肩。于是，教师作为批评家而登上了舞台。教师的原始身份可能是诗人，也可能是批评家，但必须是经过身份转换之后，成为一个面对群众说话的人。帮助读者把诗歌读明白，其实这一实用功能隐含了一个伟大的前提，就是帮助读者筛选，要把"什么样的诗歌"读明白。很明显，结果一定是美好的、阳光的、乐观的、积极的诗歌。我们经常说，教育是一个"说什么的权重弱于怎么说"的行为，用受众能接受的方式、能听懂的话语去表达，这固然是极为重要的。但那个转瞬即逝的环节，才是最关键的。这个东西被称为"教化"，即所谓诗教；但可能真相并不是这样。有一个著名的吊诡逻辑，出名，表面看是优秀的人获得了比自己差的人的认可，但其实是并不优秀的人经过运作获得了比自己优秀的人的认识。古往今来真正的觉者，或者叫优秀到极致的人，一定会为人民服务，与其共同面对人性之卑微、人类之渺小。诗歌教育就是这么一个行动。这是一件美好的事情。这是第三个过滤器。

于是，过滤器诗学生效了，诗歌读者获得了真正的幸福。

理论上来说，读者应该知道诗歌的作者。但实际情况并不是这么朴素。当然也不豪华。实际上是诗人被抽象了、抽空了、遗忘了。

读者的一个基本面是脑容量太小。当然并不是"绝对地小"，他可能是一个宇宙物理学家，脑洞大着呢，但他的大脑为诗歌预留的空间实在是太小了。大多数人的脑子里填满了生存的挣扎、生活的琐碎，一天 24 小时都在盘算怎么过日子。好不容易宽松几天，一定是去几个腐朽的地方狠狠糟蹋好不容易赚来的钱，等轮到欣赏诗歌艺术的时候，脑细胞大概都死得差不多了，或者，直接就是下一代了。即便是下一代，也未必能掌握专业的欣赏技巧。总之，读者对于诗歌是弱接受、速遗忘。读诗的幸福和所有的幸福一样，来不来不一定，即使来了也来得慢，跑得快，转瞬即逝。

从历史经验上来看，大多数中国人知道的诗人就是李白杜甫。李白的诗，记得住的就是床前明月光，说不定连诗歌题目也记不得；杜甫的诗，能记住哪一句就没准了，据说能记住杜甫诗的都是学院派。即使是比较执着的诗歌爱好者，能说出一二十首李白的诗名就很厉害了，很专业的写诗的人，也无非就是记得四五十首。背诵的话，几首绝句就不错了，律诗和古风一般不能奢望。这就是中国最有名的诗人在公众中的接受情况。

即使是最著名的"床前明月光"，也有着隐秘的经典化、世俗化路径。这首名叫《静夜思》的小诗，被篡改过许多次。从元代开始，就有人动起来小脑筋，明代的出版商更是盗版无障碍，大笔一挥，《静夜思》就从文人诗变成顺口溜了。为什么宋代没人改呢？大宋朝文华风流，群众素质高啊，不需要改啊。我看到一些做新诗研究的人，把"床前明月光"作为古代口语诗的案例，来证明白话诗新诗口语诗的合法性，真是对不起李白。任何品类的诗歌的合法性，说到底都是读者大脑的购买力。后人为什么要修改《静夜思》的字眼？为了让普通人买得起。

这就构成了一种集约化、中心化、大一统的趋势。为了让读者看得懂，主动降低了专业水准，弱化了阅读技艺训练；阅读能力进入持续下行通道，反作用于创作，导致创作越来越低幼化。这一恶性循环伴随着大众文化的兴起愈演愈烈。丰富的诗歌资源被简化为少数句子，大量的诗人被附身到一人名下。

我们可以检索一下，盛唐以后有大量的诗人被称为李白：李商隐号称小李，苏东坡被称为宋代的李白，王世贞是明代的李白，郑珍是清代的李白，徐志摩是民国的李白，当代李白太多了，连鄙人也被人喊过李白。过去，我们一般把这个事情视为荣耀。仔细想也就是荣誉啊，你啥都不是，喊你一声李白，给你大面子了。真相从来都是那么残忍：称为李白其实就是取消了该诗人存在的合法性，他作为诗人的才、名都被李白这台抽水机抽走了。有些不明真相的诗歌写作者，以成为李白为追求，殊不知自己把自己塞进了一台水泵中，离心式水泵还能多活几分钟，叶轮式的估计几秒就报销诗歌生命了。

李白成为抽水机，是群众的伟大创造。不仅如此，这是一台安装了过滤器的抽水机，三级过滤，干净得很！群众艺术馆的工作人员总是说文艺源于生活高于生活，高不高于不一定，前半句肯定对，因为无论是诗人还是诗歌，无论是批评还是批评家都被一双无形的大手内置进了一台抽水机之内。

我前几天写《诗歌界的内卷化》，当时实在不忍心把话说透。当然，话倒未必非要我来说，你们早就知道了：每个时代的诗人能被专业人士，也就是文学史家记住的，就两三个人；被读者记住的，很多个时代才一个人。从时间诗学来说，读者使用的基本时间单位是1000年，文学史家是100年。当代诗人傻乎乎地干到了10年，第三代诗人高喊打倒朦胧诗，"70后"憋劲儿打倒"60后"，我们"80后"的诗人们还没动手打倒谁呢，还没动手也好，动手的都是扯淡，当代诗人要PK的对象，其实是"李白"。

不对，其实是抽水机诗学。

是一台三级过滤的水泵。

2021.11.24 昆明

诗歌界的内卷化

社会发展到当下，结构性的内卷化已是十分普遍的现象，"卷了"成为人们的口头禅了。诗歌界当然也不例外。有个不看诗歌的朋友问："你们人那么少居然也卷？"卷啊！不仅卷，可能还是卷的重灾区。

诗人少吗？这恐怕是第一个误会严重的问题。早年曾有好事者做过统计，根据不同的统计口径，全国诗人总数量在 200 万到 1000 万之间，这是写新诗的，写老干体古诗的同志更多。当前还在活跃的几个诗歌门户网站，日活多在几万的水平——这是沉寂，不是写作者减少——根据我的观察，最近这些年，诗人数量总体来说是增加的。姑且以 200 万为准吧。这到底是多少呢？

我深度接触过一个古董收藏的小圈子，全国的所有散户小户、东南亚华人都算进来也不到 1000 人，彼此认可的"圈内人"也不足百，大佬就十来个人。这算是典型的小圈子。再对比个近一点的，写小说的人有多少？恐怕没有 200 万人。从国民经济产业分类里找一个行业，在大工业里随便找一个细分，比如做胶水的，全国只有几千人，兄弟们小日子过得舒服着呢。白酒当然是极度内卷的，从业者也就几百万呢！

看懂了吧，几百万写诗的，能内卷到什么程度？太恐怖了！

问题的核心还不是人多，核心是没啥好处，搞诗歌都是亏损。亏损行业还有那么多人挤破头要进来，还不愿退出？

那就得认真分析一下诗歌这个圈子到底是怎么内卷的。

诗歌这个游戏到底是怎么个玩法？体系是怎么样的？相关指标又如何？不太好总结，大体可以这样描述一下：

写诗一般以"出名"为游戏规则，就像象棋将死对方赢、跑得快出完牌赢、牌九点大赢一样，活着名气最大者赢，死后名气最长者赢，细分起来可分为出圈、阵营认可、区域认可、小圈子认可、自信必得诗歌史追认、偶然被打捞几种情况。

出圈的诗人，就是拥有社会化的名声，难度大，基本取决于历史偶然，没有可操作性。

阵营认可，略可努力。阵营的划分是动态的，最近几十年基本就是民间、学院、官方三个大的划分办法。想在这三个阵营的任意一个中得到认可，都是极难的。学院派诗人比画一下知识量吧，没读过几百册书好意思出来混吗？真读过这么多恐怕又写不出诗了。民间诗人少不了比较一下酒量、银行卡余额，酒量是比诗才还珍贵的天赋，财富则比酒量更珍贵。这些显性指标都很不好混。还有隐形的：性格如何？道德如何？然后是终极对决：诗写得咋样？这个问题一下子就搞崩溃了。过五关斩六将，体力能力财力才力消耗得差不多了，还要比拼诗歌技艺，哪有空哦！所谓"略可努力"也许就是算了吧，随缘吧。

退而求其次，混一个省好不好呢？混一个县城好不好呢？人少了一些，竞争小，内卷化程度低，是不是好混一些呢？看起来是这样！其实是这样：深藏不露的高手到处都有，新人辈出随时要推翻你，即使防住了专业狙击，也一定会中个流弹。可见，区域认可也是不容易。

好，搞个小圈子吧，同声相求，志同道合，愉快了愉快了。故而诗社、诗群、民刊层出不穷。小圈子友谊是唯一的外部因素，机缘一到，迅速集结，成本最低。在这面坚实的围墙之内，诗人的内卷压力得以暂时舒缓。但内卷的必然性、必要性更迅猛到来：诗写得咋样？更直接地进入技艺的终极层面，没有中间商。每天都在琢磨推敲锤炼几个字词几个句子，不疯则魔，不魔也痴。功夫花了，诗就能写好吗？太不可靠了！

好吧，缩到最低程度，内圣了，心安了，自嗨了，自信了，自信必得诗歌史追认。这个玩意儿之所以可靠，是因为活着的时候无法证伪，死了以后管他呢。这就是积极参与写诗赌博游戏的下场。"偶然被打捞"等于连输了几圈被喂一口东风免得中途退场三缺一，也是不能认真对待的；还有一种写诗但不参与游戏的特殊情况，最终还是要归入"偶然被打捞"，不赘述。

回到数据，200万玩家，据说进入核心圈的，可以大体上"彼此认可的圈内人"，可能不足1000人。编个选集，一人一首，一本书只能安放300人，没有上中下三册都要得罪人——只要上中下三册就清理了当代史。

汉语诗歌界有一种独特的严重内卷导致大批从业者退出的方式，就是中年危机。少年人为赋新词强说愁，青年人荷尔蒙过剩力比多混乱，都是诗意生活，都形成了诗歌，专业上称之为"青春期写作"。好家伙，那诗人数量是太多太多了。得外挂一个消消乐的小游戏。中年危机就不约而至。大批诗人就完犊子了，主动不写了，被动放弃了，相当不服但须蛰伏几年了。据说这一招有奇效，诗人总数直接削减了三分之二。又据说西方诗人没有中年危机，原因大概是西方诗人太少，犯不着进化出来这种社会机制。

诗歌界的内卷，还有一种略隐秘、更具有杀伤力的方式。

前面说的都是写诗的人之间玩的游戏。写诗是一种自我消耗，是慢性自杀的愉悦，是无知的深刻，更多地靠天赋性情。但内卷啊，所以出现了一种批评家诗人。批评家是干什么的？就是自己不写诗，天天看别人的诗，通过理论研究来具体判断诗的好与坏。本文所说的批评家也泛指理论家和文学史家。这批人原本是隔靴搔痒的，创作的微妙原来是不懂的，但他们态度端正，积极学习写诗，以更好地理解诗，更好地为诗人服务；但他们突然发现自己也写诗了，也是诗人了，心中奇痒难耐，为何不下场参与诗人的游戏呢？于是江湖上出现了一批"批评家诗人"。这批人脑子里储备了关于诗歌的千种理论、万种技法，尤其是关于诗歌史书写的逻辑和权力。他们也开始幻觉了：这把赌大点，肯定赢。原来赌桌上发牌的人，亲自下注了。

一般来说，批评家诗人会把200万以内、1000之外的那些诗人卷掉，加剧其焦虑，恶化其生态，天亮赌局散场，场面更加狼藉。对于普通诗人、诗歌爱好者而言，这些天杀的批评家诗人啊，都是敌人。做个批评家不香吗？为何要来抢诗人的饭碗！都饿着呢！真真是相煎何太急啊。对于1000以内的学院派来说，也是噩耗，你的套路我太清楚了，我的套路你也太熟练了，哥几个以后不能愉快地一起喝酒了。对于民间、江湖、口语诗人来说，好消息是他熟悉也没用他写不来这一套，坏消息是你的套路他熟悉他的套路你不熟悉，吵嘴和笔仗都不占便宜。哈哈真是太内卷了！

写诗这个游戏，本来还有个规则，就是"写得好的赢"。但是这个规则是历史阶段性特征太明显，一时有一时之规则，有些历史时段是没有规则的。比如，魏晋诗以高古为上，唐诗以气盛、鲜活取胜，宋诗比学问，不想比学问的去干词了，清诗人忙中偷闲写点主要追求批判性了。跟汉代几百年尝试建立诗的规则是一样的，新诗一百年致力于此，不过还没有建立起成熟规则，到底什么是"好"还说不清，钟嵘、刘勰这等人尚未出现，当代曹植、陈子昂还面目不清。所以，当代诗的游戏玩法很多，天天都有新玩法，想怎么玩就怎么玩，只是"写得好的赢"这个规则无法执行而已。也就是说，基于诗歌本体的对话无法正常进行，诗人们的各种积极探索只能是精神鼓励，当然否定也是允许的，这个格局其实意味着，谁建立了规则谁赢。建立规则，本质上靠诗歌文本，路径则是对文本的阐释。因为前者的长期模糊，后者相对显达也是时代特色。

但这也是终极内卷：诗人和批评家的诗学关系。现在的情况大体上是，诗人和批评家互相不满。诗人认为批评家缺席，理论混乱，隔靴搔痒，追腥逐臭，利益交换，最严重的是不懂诗；批评家认为诗人不够优秀，成天瞎喝酒气格歪曲，没有好诗，偶有好句不能持续，不读书，思维浅薄。互相批评本来也没有问题，良药苦口也说得过去。问题是内卷。诗人与批评家的关系不够良性，批评不能为创作提供指导，创作不能为批评提供文本；也不够友好，关系的焦点不能够稳定聚焦于"把诗写好"这个大事上，而是互相攻击式内卷与互相拍马式内卷交错呈现，卷到不要交往了，低欲望了。实在是损伤。

诗歌界的内卷化问题是显著的时代景观，诗歌以其门槛低到丧心病狂、天花板高到精神分裂的内在特征，吸引了大批无辜群众来填坑，故而，诗歌界的内卷是比其他行业的内卷来得更早的有效现象，相信作为时代先锋的诗人们也能够相对快地解决之，为社会结构的整体优化提供解决方案。从诗歌界可以看出，内卷的价值在于促使结构优化，让一部分不合适的人离场，一部分合适的人提升，达成整体性进步。

诗人还有这价值？

不止哦，诗人还使人类得以回归大地。

写诗不都是赔钱的吗？能有啥价值？

写诗那么难，挑战智商啊，钱多了不写诗能证明你钱是自己赚的吗？

怪不得那么多人都挤进来做诗人？！

诗学就是人类文明的最高总结，诗人还是有一份终极荣耀。

是啊是啊，诗魅力是太大了。

你瞧，曹植连皇帝都不想干。

2021. 11. 18 上海

团结的诗学

马斯克（Elon Musk）在推特上发了《七步诗》，汉语诗歌匹配英文题目 *Humankind*，引得吃瓜群众蜂狂蝶乱。这个偶发事件触发了我的记忆，我突然想起早年有个残篇《曹植的团结权》仍搁置着。不如拿来写完。这大约是十年前的题目，不管以前想什么，现在就随手写吧。

曹植写《七步诗》的故事早就家喻户晓了，兄弟情嘛中国人最爱叨叨了。为了让这个故事更加贴近群众喜闻乐见的程度，畅销书作家就把曹植的原作给简化了，原作是：煮豆持作羹，漉菽以为汁。萁在釜下燃，豆在釜中泣。本自同根生，相煎何太急？马斯克发的那个版本是：煮豆燃豆萁，豆在釜中泣。本是同根生，相煎何太急？有学者考证是罗贯中修改的。据说马斯克在读《三国演义》，怎么就突然到《七步诗》了？罗贯中在过桥。

其实，《七步诗》到底是不是曹植写的，到底是不是在那个兄弟相残的场景下写的，也是个悬案。质疑最多的是：杀曹植有一百个办法，但曹丕怎么那么傻，在大殿公开玩这么低劣粗暴的游戏？！曹丕不傻，杜撰者才傻呢，所以至少写作场景是杜撰的。

曹丕和曹植两兄弟的故事充满了诗意。从曹操立嗣、二子夺嫡的过程来看，曹植的很多做法值得玩味。闯司马门驰道、贻误救人军机，是两次最大的失信于曹操的事件。而二者都是大醉后的行为。曹植才高八斗，学富五车，军政颇有见地，肯定不是喝烂酒的酒鬼，终日酩酊一定是有道理的。他为什么要选那个时机去喝那么多酒？

有理由相信，曹植是故意的。失信于宠爱自己的父亲，就可以退出夺嫡之争。失信只需要犯错就可以了。驰道是皇帝专用，司马门是军门，这家伙娄子捅得够大。去救被关羽围困的曹仁，自家兄弟，人命关天，喝醉了不去！

明代王世贞认为中国仙才只有三个，曹植、李白、苏东坡，但曹植的华美气质可不是太白和东坡能比拟的。诗才这个东西，是奇妙不可言、不可捉摸、不可掌控的，失控的精神遨游是人类所能体会到的最大限度的精神愉悦，超越了宗教信仰，何况俗世之物。所以，做诗人比做皇帝更爽。曹植压根儿就不想接班。

曹植写过一篇论画的理论文章《画赞序》，从残篇可见其理论路数还是儒家德行一路，道德感太强，主张教化，突出绘画艺术的社会责任感、社会价值等。从这个意义上说，曹植本人的性格、人格特征也是质朴单纯、正直仁厚，周身翻涌着一股股才华横溢的迂气。说不定曹植的心目中，立长子就是天则啊。他怎么肯与他的曹丕哥哥一较高下、同室操戈。但曹操可不是这样的迂腐之人，如果幼子曹冲（就是会称大象的那个）没有夭折，估计曹丕曹植都要靠边站。

曹植一定是想要与哥哥搞好关系的。不仅夺嫡时自弃，做诸侯时也自毁，"臣愚弩垢秽，才质疵下"（《谢封甄城王表》），一个才干天宪的人这样糟践自己，真是令人悲愤。曹丕死了，他居然要

"追慕三良，甘心同穴"，这是够深情的了。最离奇的是《慰情赋》开篇一句："黄初八年正月雨，而北风飘寒，园果堕冰，枝干摧折。"天地悲泣的场景中怀念哥哥，愿哥哥还在，思念之情悲天抢地。所谓"黄初八年"正是奇语，黄初何曾到八年啊，曹丕在黄初七年就死了。

但曹操不这样认为。

曹操的观念是，有才干的人应该雄起，干一番大事业。该争的就要争，该斗的就要斗。亲兄弟明算账，互不相让。他喜欢老三的聪明才智，就要提拔老三，老三你要努力搞事情啊，你要努力按照我的期望去干啊，你要把你大哥干下去啊。如果曹操死后有知，一定痛恨李世民和朱棣把曹植该干的事给抢着干了，曹家老三真是不争气啊！曹操的诗才虽然也是大的，但还不够大，他主要是搞军事搞政治，文艺是休闲的调料，所以刘勰论称"魏武以相王之尊，雅爱诗章"，大文学史家说得对，阿瞒还是业余爱好者。所以曹操不能完全理解他的三儿子。老爹爱儿子的才，又把事情办成了"你的才是个屁，还是当皇帝是正事"，造化弄人，伦理也弄人。

曹植就悲剧了。

要命的是，曹植也把这个"伦理"真当回事了，孝悌之教害人啊，曹植他不悲剧谁悲剧！

一个人渴望情感圆满而不得，为了预期和谐而忍气吞声，焉能不悲悲切切。

从理想政治上来说，团结算是一种权利；从现实政治上来说，团结是一种权力。对于曹植来说，团结是他的权利；对于曹丕来说，团结是他的权力。权利者伸张权利的前提是权力者的许可，而只有曹丕想搞团结的时候曹植的团结渴望才能实现。团结从来都是被动的结果。

曹植是个诗人。他拥有诗人的一切毛病。比如，他就理解不了以战求和，他当然能从脑子里弄明白知识论意义上的"以战求和"四个字的意思，但他不能从实践层面去理解，也就是说他操作不来。那就没有和。按照他信奉的儒家伦理，不能和就不对。曹丕也是认真做皇帝，干他应该干的事，毕竟没下杀手算仁慈了。两者都对，对对得错，黑格尔认为这就是"有价值的悲剧"（翻译成群众语言就是"说出你的痛苦让大家乐一下"）。

诗歌界的战与和有另一番景象。我这篇文章不谈诗人之人际关系，只说诗学观念。最近这些年口水仗打得最多的就是口语诗学与学院诗学之争。口语诗攻击学院派没有生命力、没有情感、没有生活，纯粹玩弄辞藻、破坏语法、佶屈聱牙、莫名其妙、不忍卒读；学院派攻击口语诗不学无术、缺乏锤炼、太水、修辞停滞、胡说八道、抖机灵、一切问题段子化、粗俗、懒得去看。吵架最热闹的时候应该是世纪初，有突然出现的免费网络论坛的便利条件，一天到晚随时随地干仗。风气延伸至当下，只是略消停一些，偶有不明所以的后生加入混战。

对于一个严肃而恢阔的写作者来说，并不存在所谓口语和学院的区别。语言是诗歌要素，而不是"口语是诗歌要素"，或"书面语是诗歌要素"，偏执于某种语言类别，偏执于某种语言使用方式，固然可以形成稳定的风格，达成诗学面目清晰的效果，但也意味着僵化与诗学创造力的死亡，会成为"××诗人"而不是成为一个"诗人"了。这是不太积极的一种格局。中国诗人的创作生命长度普遍较短，人还活着，诗没了，大概跟学诗早期就给自己贴标签有点关系，画地为牢，自我限制，便困在一个圈儿里了。即使中后期能够破茧，也会特别费劲，无谓消耗掉了优质能量，造成后期作品质量欠佳，令人遗憾。个人在社会结构中是卑微的，人在宇宙结构中是卑微的；诗人要面对的是前一种卑微，诗歌要处理的则是后一种卑微。如果诗人能够不受偏见、短见、俗见的影响，坚守在以诗歌处理人在世界中的卑微问题的真谛上，为人赋予价值感，则诗人的卑微也会随之减弱，或将获得价值感和神圣感。如果偏离了，把焦点放在了诗人作为社会身份与社会结构的对话中，焦虑固然难免，出力不讨好也是自然，一生努力都白费了也是大有可能。

口语诗和学院派并非绝对不能做朋友，但尴尬还是比较多的。这个尴尬和曹植的尴尬是一样的，你无法有效判断你面对的那些个曹丕什么时候会行使他掌握的团结的权力。从两个阵营内部来说，也分为抱团取暖和彼此不服，情况略复杂、动荡，内部的团结问题并不比外部更乐观。

十年断代法造就的"60后"到"90后"几代人之间的诗学纷争也是比较显著的闹剧。本质上这批人都是同一代人，所面对的诗学问题是同一问题。但是为了所谓的"出名""在场""影响""成立"等社会学意义上的诗歌行动，创作主体把诗学问题转化为了人生问题（这里面还有时间性、内卷化等因素，此不赘述），挪用了商业操作手法，拼命搞市场细分化，好像创造了很多个新的蓝海似的。在缺乏深刻的商业实践的情况下，会有一种又一种的幻觉——命名是那么容易，到处都是新天地！诗学领域和商业一样，假市场多得是，有需求不成交也多得是，需求强劲但交易成本太高而不可持续也多得是，那些所谓的"新"只是聪明人给你留下的坑。难道"70后"跟"60后"的肉身有原子级的区别？"80后"和"90后"的精神结构发生了颠覆性迁移？尽管道理是如此浅显，但乌合之众啊，一开动起来谁也刹不住，一吵吵就是几十年。代际细化的恶果就是诗学的虚假细分，琐碎而非精微，诗学的自净功能即将内在地呼唤正本清源，很快就会出现一种诗人的整合型写作或艺术史家的转折式塑造，一棍子把上述杂乱符号全部批量处理掉。那一下就好了，一下子全部团结了，全部团结在失败的旗帜下了。管你是曹植还是曹丕呀。

很多诗人和批评家并不能接受这种十年断代法，但往往"为了言说的方便"而继续使用，其实往深处挖，还是扛不住博弈，也就是没办法主动搞团结，谁都知道，大势未到主动搞团结的人一定会被狼一样等待机会搞破坏的人轻松消灭。也还是曹植式的困境。人生短短八十年而已，随缘咯。

团结权是个吊诡的隐喻，从马斯克的行为逻辑来看，对商业本身负责、对资本负责胜过对难民负责，而吃瓜群众更是关心马斯克胜过难民，正所谓"人道损不足而补有余"。口语诗学和学院诗学不互相鄙视，创作主体就无法度过每一个无聊的日常，毕竟吵架泄愤、损人抬己、做梦托大比写一首真正的好诗容易太多，而写好诗对于某些作者的重要性并不大于他的平庸日常。人类社会的结构性内耗是人性的本能，外敌入侵稍停的间隙亲兄弟一定会汲汲于内斗，"损有余而补不足"只有几个侠士相信。现代人都比较好理解上述逻辑，你听诗人们反复强调要各写各的。为什么曹植一定要跟哥哥搞团结呢？这是一个中国式的问题，一定有一个中国式的答案。曹家另一位大师说出"各人自扫门前雪"的时候，中国已进入准现代社会了。只悬搁了千年前的曹植，一个童声在发问："相煎何太急?"一脸天真烂漫，为真相涂抹上一层数千年不愿融化的蜜糖。

2021.11.9 茅台镇

诗人的人物美

诗人的诞生和演化，充满了离奇的气息。

中国文化早期，一切即诗，诗即一切，没有诗人这个说法，屈原成为诗人是晚近的事。到魏晋文学觉醒，搞文艺的人才发出了独立的声音，但诗歌、文章也混杂在韵文的大类中，三曹当时也没有被称为诗人。唐代科举以诗赋取士，诗坛呈现爆发式的繁荣，李白等人就回避竞争，要走终南捷径的差异化路线，搞点干谒之类。无论是科考诗歌，还是终南诗歌，都脱离不了要与"道统"对话，杜甫都穷得揭不开锅了还要操心天下人，这些都是道学的范畴，离纯文艺还有距离。李白是个特例，他用古文承担了干谒功能，诗歌就纯粹放肆了，可谓准专业诗人。真正专业诗人的出现，大概要到北宋，文章家和道学家分离之后，柳永就是典型的专业诗人了，喝喝酒唱唱歌狎狎妓玩弄玩弄辞藻，坚决不操心天下安危，坚决不搞人设写作。明清以降，小说成为大文体，写诗的就被迫更具体了。五四以后文体划分采用西方标准，诗人的活计是越来越清晰具体，简单来说，就是写写分行体文字的人了。

整体而言，诗人是一种减法。三千年进程，陆续剥离了哲学家、政治家、道德家、音乐家的功能，逐渐成为一个纯粹的人。当诗歌的社会功能越来越少，诗歌在社会交易结构中的节点越来越少，则诗歌对诗人的消耗越来越大，创造一首伟大诗歌的能量消耗就越来越需要通过转移支付来维持，也就是越来越难以为继，诗人的命运就越来越坎坷。

在这个视野之下考察诗人的人物风貌，是个有特别意味的事情，结论也可能令人大吃三惊。

司马迁对屈原的态度是"悲其志""垂涕想见其人"，这是汉代文人的共同态度，借屈原之口表示效忠皇帝又借屈原之身哀自身之命运，分裂得很啊。屈原的形象就是他们塑造的一个悲剧人物。可能是个谶语，后世有才者多悲剧胡不源于此耶？

司马相如是另外一个形象。司马迁把他的全部文章都抄录进传记中，文章篇幅比传还大，也是史记最长的一篇文章，历史学家太给诗人面子了。可以说，司马相如轻松击破了一代儒生费力要塑造的"文道一体"的格局，在韩愈还没有发明道统的时候就把道德踢出文章了。

许邵与九品中正制配套的文化创业项目"月旦评"非常成功，袁绍和曹操这样的大人物都惧三分，后有专著《人物志》传世。这大概是魏晋人物品藻风气的早期代表，带动了《世说新语》这样的名著给魏晋风度以大版面来铺陈礼赞。魏晋人物美确实令人咂舌。名士们的形貌美、神态美、才智美均登峰造极，行为美更是冠绝千古。嵇康、阮籍、刘伶这些人，在诗歌史上的地位不是很高，就靠人格，甭说已流传千古，只是一辈子也值了。竹林七贤的启示是，一个诗人写一辈子诗，诗写成什么样子人活成什么样子，这是两个并列第一重要的问题。

从范晔开始，直接在《后汉书》设置独立的"文苑"，正史开始专门为文人立传。这本书同时也为女性独立立传。文人与女人，小人与女子。范晔给的大面子，看起来似乎不太吉利。这也是关乎文人形象的一个大寓言。

李白是谪仙，人物美在历代诗人中堪称无双、独占鳌头。李白是一个"俗世欲望—道教修仙""古文—诗歌"的复合结构，用现代词语，大概对标"躁郁症"，就是狂躁抑郁双相抑郁症。李白的毛病后人一般不提及，多说他的好处，多背他的诗。李白的启示是，毛病可以有，但看是搁谁身上。一个绝对性的正面形象，抵消所有负面形象之后，还能光芒万丈。俗话说一白遮百丑，有一点道理哦。

大唐诗人太多，李白以前有陈子昂、王勃，同期有王维，之后有白居易、杜甫、李商隐、杜牧、贾岛。以李白为界，前面的多积极、大气、浪漫，后面的多消极、小气、抑郁。在大唐，诗风即人格，诗美即人物美，一点都不差。

宋代就有间隙了，宋诗学问化，诗和人分离了，诗品与人品的关系疏远、错综了。苏东坡，还有人诗一致性；词人首推辛弃疾，李森论稼轩，英雄义、儿女情、般若心三位一体大人物，诚哉斯言。柳永作为典型的专业诗人，人物美还是偏辛酸一路，尽管拓展了诗词的江湖路数，姑且计为事功，一辈子整体上还是不愉快，也没能找到有效的寻欢作乐的办法，要让许邵来品评，恐怕段位不高。其他诗人就更不行了，就不点名了。

宋人干词，元人干戏曲，明人干小说，只是一时风潮，并非不写诗，诗歌仍是大宗。但尴尬的是，诗人形象都比较模糊。

清代诗歌又复兴了一把，大诗人辈出。说一个反面人物吧，叙事诗大诗人吴梅村，一个干叙事的人认知能力太差了不太好，"冲冠一怒为红颜"一句诗给吴三桂戴了歪帽子，也暴露了自己的智商短板。吴梅村出生的时候西方已进入牛顿时代，写圆圆曲的那一年恰逢笛卡尔去世，尽管黑格尔的历史哲学还没有问世……吴梅村作为崇祯遗老，于顺治十年仕清，干了三年国子监祭酒，差不多类似于北大校长，晚年一直到死都活在悔恨之中——为什么要去做校长呢？吴诗人就是骨头不够硬，没扛住。

新诗以来，诗人有人物美的就更少了，郭沫若不提也罢，废名才华大人没特点，鲁迅没好好干诗歌，朱湘太苦了……唉，梁实秋说，在历史里一个诗人似乎是神圣的，但是一个诗人在隔壁便是个笑话。这话说在 20 世纪早期，这已经是一个很晚很近的时代了，所以他的话虽然难听已经接近正确了，社会结构变化导致的交易链条迭代已经消灭了以诗歌为业的人，所以梁实秋还是没有把诗人主体结构搞清楚。人民群众其实一直对陌生的东西保持着传统的朴素的敬畏，看来调侃诗人的风气是从梁实秋这种写散文小说的人开始的。

以诗歌为业的人并非没有，现代以来，他们逐渐集中在了大学里面。靠着文学、诗学教学和研究的铁饭碗，获得了小康生活的稳定感和闲暇感，又能吟风弄月写写诗了。这是学院派写作、技术流写作泛滥的内在因素之一。教授诗人、学者诗人带来的毛病在于，废名模式——有才有学但人没意思，缺乏人物美（不是绝对，胡续东人就有意思）。当然，没有人物美也就罢了，更大的害处在于，新诗人又添了新毛病，不再玩传统文人那一套道统了，却玩起学术命题来，在诗歌中与某个虚拟的学术命题对话，试图嵌入相应的学术序列，这也是一种学术史意义上的道统吧。这实际是一种逃避的策略，诗歌不再介入生活，龟缩在学院的大墙内苟延残喘，任梁实秋们在隔壁说着风凉话而装作听不见。文化令人虚弱，这是个大问题。

诗歌圈里，也并非没有种子。我们浪游会里，余毒乃是颜值担当，几十年如一日甘做永远的粉嫩少年，却不奶油，而是十分犀利，怼人可以瞬间诛心、直接 KO，有着极其深刻的直觉之思。马随有硬汉之美，以大智慧发展出来一套实践系统，常年工作在第一线，又能出淤泥而不染，葆有诗人的纯真和质朴。刘东灵是一代人中罕见的修身者，以诗人之朴拙，行经商之险峻，堪称德行兼备，他的田园诗空灵舒适，是内部消化了自身烦恼悲痛之后的高级表达，几近乎道。也许我们生活在彼此的隔壁，兄弟的光环被炒菜的油烟、拼酒的狂欢所遮蔽，但开复眼，也能穿越历史迷雾，看到我们自身。

摆在我们面前是一个严肃的现实：在文字边缘化的时代，在诗人被污名化的时代，必须重新思考"诗人的人物美"这一重大命题。青年人更热衷于此道但过于稚嫩和不稳定（魏晋就是青年期），中年人往往顾不上（这一百多年都没顾上），老年恐怕又力不从心了。顾不顾得上，也得分人，一般人可以不用考虑这个问题，诗人却必须考虑，不得不正视。诗学就是人学，诗人就是诗。受五四以来革命话语的引导，诗人的关注点在家国天下，过度粗糙地注意了诗歌的外部问题。1980 年代以来受新批评误导，诗人的关注点集中在了修辞上，过度狭隘地关注了诗歌的内部问题。这是两条尚未交叉的路。仍未出现一股风潮，引导诗人去关注主体的自修、自我成长，这是一个极大缺憾。没有潮流不要紧，一定会有少数人先知先觉先行，致力于建立当代诗人的人物美。

法国的天才少年兰波有一句诗，是我最喜欢的，"我的生命如此辽阔，以至于不能仅仅献给力与美"，个中意味，用在主体修为上是最为恰切不过的，大诗人不仅创造美，也创造力量，还有更为辽阔的生命空间！

2021. 11. 1 茅台镇

一笔不值得算的小账

一篇文章的小账

前几天我发布了一篇付费阅读的文章《你也可以成为苏东坡》，写的是对苏东坡人生方法论的总结。这是我开通微信公众号多年来第一篇收费文章。褚蠡留言说："做官、做生意是人事，和文学事业从时间上都是相悖的，写作也需要时间。"这话很应景，我就大体捋了一下成本，这一算还真有点意思。

这篇文章的成本如下：

2017 年那一段时间对苏东坡比较感兴趣，就做了个简单的专题研究。买了大概 50 本相关图书包括苏轼一套全集，这个应该能查出购书清单，姑且计为 3000 元吧。

按照我对比较感兴趣的书的全书通读速度，读完这些书平均每本 4 个小时，全集是翻阅检索也按 4 小时，按每小时 100 元计，阅读研究的成本是 20000 元。

写这篇文章花了两天时间，一天写一天改，按照我的常规写作速度，大概用了 14 小时，仍然按 100 元/小时，是 1400 元（时间成本只是大概参考了普通上班族的情况。我一边做企业一边上学，半工半读的，不宜按自己企业的报表来核算）。

发布这篇文章也花了点成本，因为文章比较长，标题层级多达五级，排版也是花了工夫的，小编排我审稿反复修改前后折腾了一个多月，我姑且计排版费为 500 元。

这么一算，这篇文章呈现出来，就是 24900 元的成本。如果以后接着写关于苏东坡的文章，倒是可以分摊，不过暂无此打算。

收入呢？不到 50 元。

当然，文章的生产成本及其收益是一个不值得算的账。纯粹从经济角度来说，算这笔账的时间就又损失了好几百。但是，我觉得它的意思在于，这是一个人生问题，也是一个诗学问题。

一笔人生的账

褚蠢留言的意思是，一个诗人拿写作的时间去做生意能发财，去做官能升迁，写诗是一件完全的、彻底的亏损项目。这里面他前提性地排除了一个出名后赚钱的可能，这种可能性虽然微乎其微，但并不是不存在。最近这些年社会财富增长较多，分给诗人的口粮也多了一些，你还是能看到有人在弄这个钱。不过，蟋蟀罐终归是蟋蟀罐，靠诗歌赚钱，要么是脑子锈了，要么是人生实在没出路。从底层逻辑来说，先出名再赚钱，还是链条长了一点，不直接，效率低，不值得干。所以，还是让写作成为一个纯亏损的事业比较好。所以我写出这篇长文 4 年了也没拿出去发表，几乎就是忘了。因为这实在是一个基本常识。每个诗人都明白这个道理。

那么到底是要做诗人还是要做官做商人呢？这个问题思考到最后，其实不是个成本问题，而就是命运问题。做诗人也不是你想做就做的，必然是一个不得不做的结论性的东西，被选择了，被决定了。所以也不是你不想做就不做的。做官或经商倒是可以选择，但做诗人还是做官却不能选择。大家都说，选择大于努力；一个人一旦做了诗人，一切努力大概率都要白费的。我这里说的诗人，你应该明白，不是诗歌爱好者、伪诗人，是诗人。

诗人是众生的一种形式，其特殊性和其他生命形态的特殊性一样具有普遍性，并无进行价值判断的必要。诗人之死被赋予神圣感是对诗人之生被污名化的补偿，都是偏见，都是社会运算，对于诗人自身而言，都要祛魅。诗人作为高智者，首先就要看透诗歌写作的自性。然后才能自在，坦然于诗人的命运之路。

这就是诗人的人生账本。

人生的账一次都不算，人就会一直处于蒙昧和无明状态，算多了就会琐碎、鸡贼、卑微，格局就被拉低了。中国人的习惯是心算，不能上台面，谁拿出来说大家就笑话谁，这也归属于不允许别人和自己不一样的扯淡传统，让这个传统去死吧。

一个诗学问题

那么真正的问题在哪里呢？

一个诗人能长期持续写作，必然有一个内在的道理。伟大理想固然不可少，但那玩意不可靠，靠得住的还是诗人作为主体经得起损耗。损耗什么呢？意志，体力，心力，才华，知识，思想，都在与时俱减、转、变，财务消耗也是大头。我们检阅一下中国文学史，诗人大比例都是青春期写写，中年就歇菜，干到晚年还能写作的很少，写好就不谈了。为什么呢？原因非常复杂，这里不仔细讨论，只说一条，就是创作主体的内在储备太少了，别以为你才华消耗完了可以玩知识积木，你钱花完了也没得写。写了能不能发表、能不能获得认可、能不能传世就是社会学命题了。总之写诗是一件消耗能量的事情，往往消耗还比较大。钱就是主要能量，这主要是对于中年诗人而言。那些甩锅给鸡飞狗跳的生活的借口都不成立。

有必要横向对比一下搞诗歌和搞绘画、搞音乐的成本结构。其实也是个常识，绘画有点贵了，音乐更贵，不多说；但从结构上说，绘画和音乐更多是消耗物质成本、外部成本，写诗更多是消耗精血成本、内部成本。对于很多少年来说，写诗的门槛很低，购置颜料和乐器却是大障碍；二十年之后才发现写诗的门槛是最高的，画家和音乐家已经被名利游戏消耗，只有诗人还在纯粹着——诗人却要为此支付极为高昂的溢价，诗歌就是貔貅，只进不出。现代以来把诗歌与散文小说戏剧并列为文学体裁是不对的，诗歌应该是文艺总成，而其内在的艺术特性要大于文学特性。似乎作为常识，艺术是贵族游戏，早已深入人心。但问题是，那些做出伟大作品的艺术家，往往是穷人占比还较大。答案也许是如上所说，穷人艺术家支付得更多的是内在成本。于是你总能见到，就创作环节而言，无论艺术家的财务状况如何，他创作的时候都不想成本的事。

好像少有人来讨论这个艺术的成本问题。庄子曾经浅尝辄止地说过贫和穷的区别，有点狡辩的意思。现代心理学有个词"匮乏者"可以更好地表达这方面的内涵，匮乏者不仅仅是生理上的残缺者、物质上的贫困者，也是心灵上的潦倒者。有很大一批所谓艺术家一生的作品都可以归结为缺爱式创作，作品只是他个人情绪的投影，谈不上艺术价值，更没有文明价值，压根不配消耗社会公共财富。

真相就是那么残忍——伟大的艺术不仅成本高昂，而且成本结构精巧。

所以周过问我，你为什么要写那篇文章？

竟然问住我了。

我愣了一下，只好反问其实是个省略答案的设问：你为什么要写诗？

那个省略的答案就是，我们已经拥有了写诗自由。

2021. 10. 6 上海

写诗与赌博

在诗歌的赌桌上，诗人是赌徒，批评家是职业旁观者，诗歌史家看起来是庄家其实只是庄家的白手套。

诗人以肉身下注，大声亮出性情、思想和语言搭配的牌点，输赢互文了悲喜就纵横时空，诗人当下喝酒当下醉，给哲学家以希望而给美人以失望，担当人性的高贵也担当人性的罪。批评家隔岸观火知冷知热，看清了诗人的前世今生，那莫名统一的无知与大智、脆弱与刚烈、短暂与永恒，有人要交个朋友，有人要割把韭菜，有人偶尔忍不住亲自下场，耍的还是上一场的牌型。诗歌史家的岗位不停地换人，赌徒和读者只知道诗歌史需要重写，但不知道是坐庄的人需要不停地换白手套，只因为发牌会把手套搞黑掉。

有时候，你不服，你想和赌场老板对一次话，当然，想想是你的权利，你也只有这点权利了。所以你虚构了一场会晤，自己兼任坐在对面的人。你以棋子之身，和棋手下了一盘棋。你知道，你只是在下自己。你自画领地、自定规则、自我评价、自娱自乐、自欺欺人，对，最后自己真的信了就也要别人信，你就需要写个起居注，你的棋谱写成分行体你就是诗人，写成评论文章你就是批评家，写成按时间编排的兄弟伙全家福你就是诗歌史家。但最终，你还是没有见到赌场老板。

你又回到了赌桌之上。因为你无处可去。东隔壁饭店的饭桌上起坐喧哗觥筹交错，西隔壁酒馆的柳腰上别着明月琵琶菊花，南隔壁朝廷的金銮殿窃国窃民纸醉金迷，北隔壁农田里的播种施肥灌溉收获，都与你无关。你又回到了赌桌之上。

还是接着发牌吧，你嘀咕了一声。

牌桌上有希望。希望是人活下去的支撑。你乐观地想，下一局就可以翻盘。你客观地想，总会有下一局的。你已经纵横赌场几十年，你已不再悲观。你反复对比过，饭桌、酒馆、金銮殿和农田的人生都太过于普通。你用脚趾就预料到了未来，太没劲了！只有赌桌，那一次又一次伟大的赌局，才是永恒的爽。

你的肉身归来，你的脑子也随之归来。现在你想通了，起居注不写也罢，要写就一定写成分行体。既然再不去见赌场大老板，何必又与看热闹的批评家和发牌的白手套撕扯。接着你又进一步想了想，既然牌型必然是动态的随机的，又何必动脑子呢。你一下子通透了，从此明心见性，再不靠智商混江湖。

你在放弃思考之前思考的最后一件事，就是一把烂牌如何打赢。输不重要啊，赢就更不重要了，你从古希腊逻辑学思考到上帝死了，又拐到耶路撒冷花大价钱做咨询，还驾驶宇宙飞船去巨蟹座寻觅答案，最后回望祖坟援引周易卜上一卦，结果和你刚开始直观感受到的"及早点炮是最佳策略"一模一样，皆归于少亏一点、加速发牌。而乱打这事就更不需要动脑子了。所以你进一步放弃了去兼任思想家和语言学家的初心，科学止损了。

你终于回到诗人本位、正位、中位，从此无畏、无为、无谓。

幕后的终极 BOSS 此时此刻乔装打扮正在你的牌局中。

你一本诗集都没出过，你度过了无人知晓的高端的一生。

2020.12.22 题，2022.1.6 修订，昆明

第三辑

欢喜三人谈

对话者的身份

"一个不说实话的诗人不是一个好酒徒。"明明拖着长长的浓浓的重重的鼻音，像一把坏掉的大提琴，脚步一高一低，把朝阳走出了日薄西山的调子。一袭薄雾恰切地配合了他，从而显得德高望重。

"当他徜徉在北京的胡同里，他会发现宏大雾霾才称得上德高望重。"

"如果你穿行在历史的迷雾中，不知道你能否明白，真正德高望重的是一只鸟，喜鹊最好不过，但乌鸦也可以。"

明明的身影像一个民间故事，黯黯和日月分别续了一篇。

小说并没有具体的所指，但人说的话是指向明确，哪怕是说一半吞一半，哪怕是无比隐晦，哪怕是拐弯抹角。黯黯一般情况下听不懂人话，人类语言的本质就是引起人与人之间的误会，诗人掌握了语言的奥妙，实际上就是进入了冲突的原点。日月却知道明明在说什么。日月可以听懂人话，也可以听懂鸟语。

"黯黯兄，明明在吐你的槽呢，他对你声称自己不会写诗只是爱跟诗人玩，却趁他感冒时偷偷发布了一首诗的举动很不爽呢。"日月动用鸟类从句，表达清晰，试图让黯黯能听明白。

"熟读唐诗三百首，不会作诗也会吟。多好的俗语啊。我从东汉就开始跟诗人玩，随便写几千首还不就像喝醉了呕吐一样容易。明明啊，你要多读读老祖宗创造的俗话啊，什么大道理小机灵都在里面了。"黯黯边说边饮，一杯一杯的苍茫之酒浇灌了他的黑花朵。

黯黯的话确实奇崛，明明又蒙了，嘟嘟囔囔地说了一句"狡辩"，就跑到葫芦边大斟小酌去了。

这样一个弥漫着薄雾的清晨，因斗嘴而美好。我心下欢喜，也喝上一杯。清冽、醇香、甘甜依次从喉后升起，漫入天灵，回到初心。

"你为何那么喜欢喝酒？"

"因为我热爱生活啊！"

"干杯……"

酒过三十三巡，我们对生活的热爱已经达到了高潮，空间几乎要逆转了——是的，我的负空间要挤破上海博物馆了，我们即将知道自己是谁。

这正是告诉明明真相的好时候。

"我们三人其实是三位一体，我们都是李日月的化身。早在开天辟地时他便一分为三，日月是一个思想家，黯黯是一个诗人，明明是一个企业家，三人在不同时间点陆续转世。明明设定的唯一形态是人类，黯黯有做人和做鸟的自由，日月则随心所欲，不受时空和形态限制。三人都有在时间中穿梭的自由。我们平时以分身各行其道，在特殊情况下可以合体，即在太阳、月亮和地球三点一线时，我们执行一个既定仪式，便会合三为一。"

日月兄简单的叙述充满了荒诞的力量。

明明张大了嘴巴，一分为三？合三为一？酒从他的嘴角流了下来，像极了痴呆患者的哈喇子。

黯黯也是第一次知道这样的离奇身世，心中腾起一丝小兴奋，原来自己还可以变成鸟，是飞翔的奇迹还是语言的恩赐？

日月是唯一知道这个秘密的人。他说出了真相，空间逆转随之立即停止。但多嘴的人，总是要被惩罚，日月兄自己罚自己三天不能喝酒。

诗歌教育的主体

明明："黯黯兄，今天我瞎操心，谈谈贵圈一个严峻的问题——在我路过的若干场合，常听到有人向诗人抱怨'读不懂新诗'。其实我也读不懂，只是我不抱怨，我知道读不懂是我的问题，不是诗人的问题。"

黯黯："像你这样的好同学多一些就美妙了。其实你不仅有自知之明，还很厚道，因为你刚刚说有人抱怨读不懂新诗，这句话只是上联，下联应该是：好像你能读懂古诗似的。但你没有说，足见你宅心仁厚啊。"

明明："哈哈，我确实读不懂《诗经》《楚辞》，所谓朗朗上口，真不知从何谈起啊。"

"李商隐的诗读不懂吧，你以为白居易通俗吗，也是读不懂嘛。"黯黯大笑，又话锋一转，道，"借助注释还是能懂一些的。"

明明："是啊，注释，是一个要素。我从做企业的角度来谈谈这个问题。什么是注释？注释不仅仅是名词解释，而且是一个教育的入口，最终导向审美活动。注释是产品说明书的一部分，审美是诗歌产品的使用方式和功能上的终极诉求的统一，所以这本质上就是个教育问题。

"诗歌是个专业领域的专业产品，有自己独特的逻辑（语境），特殊的诉求（情感或意义），专有的技术（修辞），专利的功能（诗性审美）；不仅如此，诗歌建立在一个相当博杂精深的知识系统之上，还随时充满了激进的创新、神明的启示，这充分说明，该产品是有使用门槛的。没有使用说明书（注释、训诂、批评、解读、赏析），用户（读者）怎么能很好地使用（理解）呢？他们肯定立马用脚投票，扔到垃圾桶（从此只打网游）或者退货（现场攻击）甚至投诉（网上骂人），还谈什么用户体验良好（喜欢诗歌、喜欢诗人）！抱怨是用户的权利，用户就是可以对高门槛嘴上抱怨，就是可以对开发者（诗人）心中哀怨，更可以对运营者（教师、批评家、推广人）的工作发泄不满。

"总之，在高端商业领域，有一个不证自明的基本道理：用户是需要被教育的，需求是需要被引导的。所以，新诗的问题就只有一个：高端细分市场引导问题（教育问题）。"

黯黯："你说得太到位了，诗人只负责写好诗，不负责读者懂不懂的问题，所以只能与读者的幽怨干杯；要承担读者不满并改善这个现状的人，应该是教师、批评家和各种推广人，也就是你说的运营者。在过去的数年中，我每到一地搞活动，都能听到不同的读者提出的同一问题：读不懂，我不停地重复回答同一问题，耐心是极好极好的，但最终还是变得极不好极不好的，我只好躲起来跟日月兄喝酒吹牛而不再越位去'答读者问'了。"

明明："问题的核心不在那里，在这里：运营者在利益链条上属于渠道环节，渠道不考虑产品的设计和生产问题，情怀、理念和调性与他们无关，他们只考虑利润，如果不是货币利润，就一定是其他形式的利润。近百年来诗歌市场的演变一直是非法的（全盘西化）、非理性的（新文化运动），诗歌产品的价值系统和价格系统一直是紊乱的，正面描述其特征，可以用一个词：非连续性（古诗与新诗之间的断裂）。我们要摈弃'小众''非主流'这样的不负责任的肤浅而愚蠢的局限于现象的见解，而要看到其本体推动力。

"中国诗歌市场是巨大的，但那是国产的古诗市场（考试系统），新诗这个细分市场卖的却是外国文学品类，按进口货价格出售（高端或准高端私人爱好）。一般来说，进口货质量要高一点嘛，稀缺性要强一些嘛，不然也就不要进口了；但是，诗歌进口货（西方现代诗）在长途运输（翻译）过程中损失了大量优质成分（诗意），不靠谱的运输公司（译者）会导致产品全面失效。悲剧是，这些劣质产品（汉译西方现代诗）在我国大量倾销，后果严重——塑造了本土产品（新诗）的崇洋媚外，徒具其形而无其神（翻译腔），而本土特色（汉语韵律）丧失殆尽。最大的问题是连生产材料（现代汉语）质量也发生了巨大波动，高粱看起来还是高粱，只是杂交了，没有了高粱味，什么味呢？说不清（语言没有表现力）。

"一言以蔽之，产品没有价值。没有价值就没有价格。没有价格就没有利润。没有利润就没有渠道。负责运营的那些教师、评论家和推广人就要撂挑子啦。"

黯黯："扯恁远，到底想说什么？"

明明："市场经济没有福利，市场只欢迎价格价值基本相符的成熟产品。诗歌产品很明显还处于小农经济时代，是个体手工作坊生产方式的产物。认清现实，面对现实，接受现实。作坊就是前店后厂，生产者自己就是经营者，自产自销，诗人就应该自己面对读者，去解释自己写的作品到底是什么意思。我国最新税务政策还有优惠，销售自产农产品免征增值税。"

黯黯："跟 low 人谈诗，不干！"

"就恐怕你想干，你自己也说不清。"明明打了个哈欠，慢悠悠地接着说，"教育不是说教，不是教化，是分享，是共享。你们诗人不是天天在作品里号称自己有大爱嘛，怎么能与普通人分享诗意的胸怀都没有呢？"

黯黯："人生苦短，我还要写诗，还要喝酒，还要工作赚钱，还要照顾老婆孩子，就想干也没时间啊。"

明明："你好好想想嘛，你到底是个真正的诗人，是个大诗人还是个小诗人，还是个打酱油的诗歌爱好者，还是个混圈子捞好处的诗歌骗子。想清楚自己是谁，就知道做什么了。"

黯黯："明兄其实不明啊，你不知道，诗歌的误读其实是一种普遍的美好之事啊。"

明明："扯犊子，只有懂的人才有资格误读，什么都读不出来，谈何误读？"

日月兄："别争执了，我来评评理。其实明明兄说的道理是对的，有点抽象而已，不是'诗人要去教育读者'，而是'某些个诗人要去教育读者'，还是有分工的，像黯黯兄这样的就应该分配只喝酒写诗的工种。等待读者自己成熟不知道猴年马月，教师批评家也指望不上，只能自己人上了——诗人尽管有自己的特殊性，但基数大，组织几个敢死队还是没问题的；更何况，历代诗人都是相应时代艺术家群体的领袖，你们这一代可不要掉链子啊。"

明明："占领有限的用户心智，此消彼长，时不我待啊。"

黯黯："一个天才诗人 20 岁死不了，后半生就会过于珍惜生命，所以多数中青年诗人都是空想的巨匠，行动的矮子，谁去参加敢死队呢?"

明明:"你们虽然是作坊式生产,但不影响你们用现代企业理念来操作啊。诗歌的事情诗人干:团结几个有钱的诗人出资成立一个公司,聘请几个有执行力的诗人来操盘,协调几个思路清晰的诗人兼学者来讲述,动员几个有营销资源的诗人来推广,笼络几个嘴甜量大的诗人来搞公关。一年厉兵秣马,两年遍插红旗,三年大事可成矣。"

黯黯:"但是,我们为什么要搞事?"

明明:"历史需要啊,2020 年就是第四代消费升级的元年,这一代消费的基本特点就是人人都要懂诗歌、懂艺术、懂审美。"

日月兄:"思想家也就是瞎操个心,企业家也就是瞎策划一下,干不干是你们自己的事喽。"

旁听的葫芦官忍耐不住大喝一声:"无所谓啦,诗人不动,自有替代产品,君不见画家和音乐家早都在滑动嘛。"

黯黯:"来,兄弟们,先喝口酒再说。"

写诗如何拯救人？

明明："我最近事情好多啊，吃不好睡不好，焦虑啊。"

日月兄："世上本无事，庸人自扰之。"

黯黯："事情可以多，心不可以忙。"

明明："还算没有差到极点，因为任何事情都没有耽误我喝酒。我还写了一句诗：一人独酌山花开，一杯一杯复一杯。"

"好诗！"黯黯敲了一下桌子。

明明："二位高人昨天论述三心一体，真高论也。但我觉得日月兄说得太宏观了，能不能具体一点，比如其中的'事'到底是怎么回事？"

日月兄："事就是你生活的基本面啊。你的焦虑就是一件事。让你感到焦虑的就是一件又一件的事。解决焦虑是一件事，天天喝酒也是一件事。"

黯黯："写诗也是一件事。"

日月兄："人生就是在一件一件具体的事情之间跋涉的过程。小人物把这条路走得泥泞不已，艰难；大人物把这条路走得轻松平稳，舒服；普通的人正面推、拉、撬，成了事的搬运工，累倒在路边；

高级的人在事与事之间飘移，使得路似有似无，生出了诗意。把一件一件具体的事情解决好了，就免除了当下的焦虑；可能的事一件又一件涌来，人又充满了对未来的焦虑。"

明明："啊，人生充满劳绩，奈何？"

黯黯："写诗啊，哈哈哈。"

明明："可你刚刚还说，写诗也是事啊。"

日月兄："写诗是一件大事，但不是让你焦虑的事，而是拯救你的事。写诗如何拯救人？其路径是这样的：诗要写好，根本的前提不是才华，不是训练，不是喝酒，是人要干净；人要想干净，办的事就要干净。一方面是事情本身要干净，另一方面是办事的方法要干净。从来没有见过干脏活、赚脏钱的人写出过好诗。写出好诗的内在渴求，推动你不停地去寻找干净的事情，不停地净化自己办事的手法。等你真正干净的时候，你就获得了拯救。"

黯黯："明明不停地创业，就是一个寻找干净事情的过程。"

日月兄："是的，手法干净的人，只能主动找事。"

明明："你们说的是我吗？我自己都不知道这些哦。不过我明白了，所谓的慈爱心、英雄心、般若心其实就是宽容、勇敢、智慧，但这还不够，还要加一条，干净，干净的心和干净的手。而且，我还明白了，干净的事情谁都爱干，只要事情是干净的，我就可以随时撒手抽身去喝酒了，这样就解决了老是觉得'这个事离不开我'的困惑，连时间也干净了。"

日月兄："孺子可教。"

黯黯："每一个企业家都可以成为大诗人。"

大地之诗

黯黯："今天我们来谈谈诗。"

明明："好呀好呀。"

日月兄："古典诗？现代诗？"

黯黯："非也，非也。我们谈的诗，是抛弃了文本的诗，是生活的大诗。"

明明："此话怎讲？"

日月兄："举例说明。"

黯黯："比如说，鲁智深，不写诗吧，但他是个诗人，还是个大诗人；他这个人在生活中兼有两个大诗人的特点：喝酒闹事行侠仗义体现了李白的飘逸之风，演武处事江湖行走又体现了杜甫的沉着之气。鲁智深写的是人生之诗，端的是个好诗人啊。再比如，明明，不写诗吧，也是个诗人，也是个大诗人啊。明明连续创业，做了很多项目，对社会大有裨益，这并不算什么，高级的是他没赚到钱还在不停地创业，这是一股什么精神？这到底是为什么？只因为他有三颗心！他是带着对用户的慈爱心来做事的，是带着对人文事业的英雄心来做事的，是带着对人生绝望又深情的般若心来做事的。明明写的是大地之诗，端的是个好诗人啊。"

明明："晕了，晕了。"

日月兄："诗学即人学，写诗即写人；欲写大诗，先做大人；大人者，三心一体也。"

人生的态度

"今天，你虚度了吗?"黯黯问。

明明无言，日月不语。

"今天，你虚度了吗?"黯黯接着自言自语。

很多问题是没有答案的，也有很多问题是可以提问却没有回答的。

"今天，你是如何度过的?"黯黯又问。

这样就有答案了。

黯黯自己回答："虚度。"

夜色随之明亮了。

"人闲了，桂花才会落;人静了，春山才会空。虚度，才是浪费时间的唯一正确方法。生命就是用来浪费的。呀，虚度，多么美好!"苏东坡对黯黯说，"但少闲人如吾两人者耳。"

"真的吗?"黯黯问。

东坡默然。

"东坡兄是人闲心不闲，此身虽一时无用而心中念念不忘人生;而黯黯兄是人忙心闲，手足用于人世而心中了无人生。"日月兄回答了黯黯的问题。

"身心不一，这点倒是一样的。"东坡笑了。

"非也。手足本用世，用世乃是合道；心中本无念，无念最是合道。黯黯身心一如啊。"明明居然反对苏东坡。

"天地实在而本无，实而且空，虚而不伤，才是大道。"黯黯对苏东坡说，"东坡兄爱人，亦爱人生，可谓道下生美，妙啊。"

苏东坡又哈哈大笑，拱手道："人生无聊嘛，不过是自己找自己的碴、自己跟自己玩而已。"

明明："但自己拖自己的后腿就不好了，飞鸿踏雪固然飘逸，爪的痕迹却是抹不掉的。诗词书画文，都是爪子。"

"最好不过酒，饮时有美，饮后无意。"日月兄总结陈词。

大诗人

"雎鸠，大鹏，黄鹂，白鹭，燕子……"早晨的黯黯唇动风起，含含糊糊反复念叨着这几只鸟，"雎鸠有王者气象，大鹏有神仙范儿，黄鹂娇小可爱，白鹭是个小布尔乔亚，燕子是亲切的邻居，先变成哪个好呢？"

明明出现得十分及时，说："我来帮你捋一下吧。

"关关雎鸠，在河之洲。中国第一部诗集第一首的第一句就是雎鸠啊，雎鸠最牛！头上还长着王冠，有王者之气，而且还是阴阳和谐的象征哩。什么是关关？就是鸟鸣之声。这只雄鸟'关'地叫了一声，另一只雌鸟即'关'地响应起来，非常连贯，听起来像一只雎鸠连续叫一样。多么流畅的演奏！多么融洽、和谐、心心相印的夫妻啊。

"从先秦时期到现在，历代诗经注疏对关关的解释都是基本相同的，雎鸠是夫妻恩爱、相敬如宾的典范和象征，说明注重夫妇之道的观念在中国是多么强大稳定持久啊。多么美好的鸟，你就先变个雎鸠吧。"

"不错的选择，关键是我能变成雌雄两只吗？只变成一只，不就只能'关'，而不能'关关'了吗?"黯黯问。

"睢鸠头上有王冠，是中国特产，西方是没有这个鸟的，你刚开始学习变化之术，还不熟练，万一弄错了也不会变成猪啊什么的!"明明说出了变睢鸠的好处。

"大鹏一日同风起，扶摇直上九万里。大鹏是神鸟啊，这个世界上唯一飞得比孙悟空的筋斗云还快的鸟就是大鹏了，随便扇两下翅膀就超过孙猴子! 多带劲，我还是想变大鹏。"黯黯说。

明明生气了，诗人真是讨厌，又是非醴泉不饮的心理作怪，是先变成睢鸠，又不是变成睢鸠就一直成了睢鸠而不变回来了，大鹏以后再变嘛，怎么脑子就转不过来呢? 还成天咋呼说自己擅长白描和直陈其事，我就给你来个直白的:

"你从公元 8 年写诗到现在，多久了? 整整 2010 个年头啊，老兄，写出什么名堂来了? 快变成睢鸠，直接成为中国诗歌史上绝对第一名! 状元! 鳌头! 榜首! 冠军! 首魁! 头筹! 首座! 全部头衔都给你，超级头名大诗人!"

黯黯坐在上面，好似雷惊的孩子，雨淋的蛤蟆，只是翻白眼儿打仰，战战兢兢站立不住，似醉如痴。

日月兄出现得也很及时，他说:"变化的口诀很简单啊，就是那句:'关关睢鸠，在河之洲。'你先默念此句，然后会意于你想变的鸟儿，叫声'变'即可。"

黯黯闻言，低头不语，越发痴哑。

倒是葫芦官在边上旁观，此时看到好处，忍不住口嘴流涎，心头鹿撞，一时间骨软筋麻，好似雪狮子向火，不觉都化去也。

诗人的分类学

"日月兄，听说你在研究一门新学问，说来听听呗。"黯黯笑嘻嘻地说。

"我的新学问多如牛毛，灿若星辰，你说的是哪门?"日月兄反问道。

"就是那个诗歌分类学啊。"

"哈哈，你说的是'诗人分类学'吧，我不搞诗歌分类，我搞的是诗人分类。"

"好玩好玩，我要听，我要听。"明明从斜刺里冲出来，嚷嚷道。

"诗人分类学有很多个标准。首先我从藏酒的角度来做：谁家里有好酒，谁就是好诗人；谁家里只有烈酒，谁就是大诗人；谁家里有陈年老酒，谁就是资深前辈诗人。"日月兄娓娓道来，平淡无奇的语言，已经震掉了诗人黯黯的下巴。

"啊，啊……"黯黯的嘴张得像鳄鱼嘴。

"诗人分类学的第二个标准，是写诗的时间性，可以把诗人分为从小到老一直写诗的诗人，小时候就写诗但长大了就不写了的诗人，年龄很大了才开始写诗的诗人，小时候写诗大了不写了到老了又开始写的诗人，随时都在写但总是写着写着就不写了的诗人五类。"

"真乱。"明明叫道。

"诗人分类学的第三个标准，是诗人的能力结构。我把诗人分为能写的诗人、能说的诗人、能喝的诗人、能做的诗人四类。能写的比较多，能说的比较少，能喝的也有很多，能做事情的就非常少了。"

"这个有点道理，"明明应和着，又忖道，"黯黯不仅四个都能啊，还有五能，能装。"

"好吧，这都是娱乐界很高级的标准，还有什么标准吗？"黯黯有点哭笑不得、气急败坏、兴味索然又心有不甘。

"至少还有 360 种，再告诉你一种，诗人还可以分为出过诗集的诗人和没有出过诗集的诗人两类。"日月兄说完，就去喝酒了。

明明却接口说："我再搞一个标准吧，诗人可以分为两类：能把诗写好的诗人，除了诗写不好其他文章都写得很好的诗人。"

诗人之醉

　　明明喝多了，昏睡了三天。黯黯喝多了，昏睡了三个月。日月兄也喝多了，昏睡了三年。

　　"啊，以后再也不喝那么多酒了！"刚刚醒来的明明说。

　　"啊，以后再也不喝那么多酒了！"刚刚醒来的黯黯说。

　　"啊，以后再也不喝那么多酒了！"刚刚醒来的日月兄说。

　　从这三句话来看，可以得出一个重要结论：年轻人解酒一般靠肝，中年人解酒靠的是勇气，老年人解酒靠的是智慧。

　　"解酒靠勇气？怎么讲？"明明迷迷糊糊地问。

　　"什么叫勇气？就是结构。诗人一入中年，身体与才华同步衰退，只有用喝酒的方式激励心脏认真跳动，忽悠血液积极流淌。是的，不喝酒怎么能够在身体睡着的时候知道自己的才华还在生气！把喝酒与身体和才华看作一个三位一体的结构，在结构中取消喝酒的原始意义，接着取消喝酒的任何意义，从而为无限喝酒创造出一条坦途。"黯黯说完，又喝了一口还魂酒。

　　"哎呀，哥，大勇啊！"明明拍手称赞道。

　　日月兄接着说："什么是智慧呢？就是时间。企业家的时间单位是天，诗人的时间单位是月，思想家的时间单位是年。企业家一天就是诗人一月，诗人一月就是思想家一年。通过与不同主体的相对性换算，思想家成功地做到了思接千载、万年不死、永垂不朽，一醉三年算得了什么呢?"

"哎呀，哥，大智哟!"黯黯拍手称赞道。

明明、黯黯和日月兄达成了一致：以后要少喝酒，多喝好酒;喝完酒后少用肝，多用勇气和智慧。

"美好啊，干杯!"

写还是不写这是个问题

明明对黯黯说："你想对我说点什么吗？"

黯黯："不想。"

明明："你不想跟我说点什么吗？"

黯黯："无话可说。"

明明："开个会、念个报告你就虚无了。"

黯黯："修辞有罪啊。"

明明："只有比喻和象征是有罪的。"

黯黯："你不懂修辞，再见。"

明明："语言有罪。"

黯黯："你玩套路啊。"

明明："我深情，你也不懂啊。"

黯黯："是被'对抗被害'所害的。"

明明："我也是。"

日月兄："一直不写也不是个事儿啊。"

黯黯："是的。"

游戏符号学

明明："哥，今天欢喜吗？"

黯黯："为要不要写点东西而纠结。"

明明："何苦啊，要写就写，不写拉倒，纠结什么？"

黯黯："不写吧，惦记着；写吧，又懒得说话；不写吧，就愧疚。"

明明："这都落下病了。人人都逼自己工作，哪有逼自己游戏的？"

黯黯："是啊，写作就是游戏，何苦逼自己玩游戏呢？小明，你们一般人实在是不能理解诗人要是几个月年把不写几句就会觉得自己没活一样的感受。"

明明："想说的太多而没空说、无从说起和无话可说一样，甚至比无话可说还难过吧，对于你们诗人来说？"

黯黯："企业家一年下来赚钱固然开心，不赚钱也不能否定自己一年的苦劳吧？"

明明："我还是套用一下你的观点吧：赚钱就是游戏，何苦逼自己玩游戏呢？"

日月兄："游戏和游戏可不一样：写作的游戏是一种符号象征，本身没有意义，其指向有意义；而赚钱的游戏本身就是意义，其指向却没有意义可言。"

明明："能不能说得通俗一点？"

日月兄："写作可写可不写，但有时候必须得写；赚钱必须得赚，但有时候可以赔。"

黯黯："赔钱也欢喜的企业家得多大气啊，明明！"

明明："那有什么，给游戏赋予意义的人才牛啊。"

黯黯："这个世界上有些人不需要意义。"

日月兄："别扯了，赶紧各玩各的游戏去。"

明明："我去拖地板。"

黯黯："我去做饭。"

创业写作两鼻祖

"伏羲是个作家！"明明兴冲冲地对黯黯说，"我刚刚发现的。"

黯黯："好玩，说来听听。"

"伏羲抬头看天，低头看地，这就是与世界的交流和对话啊，人开始看世界了，开始思考了；他随后用几根木棍组合创制了八卦，把这个符号系统作为表达方式，来表达他对世界的理解，这就是写作啊。"

"你为什么不认为伏羲是个思想家呢？"

"因为中国的思想家都是作家嘛，思想家和作家是一体的，有时候没有思想家，作家就顶上来了，而往往是如此，作家总是兼任思想家。"

"你忘记了时间的流向，用后来的东西往前套，总是看起来像是新发现。比如说，你还可以认为燧人氏是个创业者，正儿八经的大众创业的鼻祖。"黯黯说，"你这个方法论是伪创新，是空间干扰了时间，把现代以来的西方中心主义在中国到处乱用。"

"企业家总是缺乏历史观的，因为他们都是当下主义者，或者是着眼于未来，"日月兄开口了，"燧人氏那会儿日子过得还比较苦，为生存所迫，哪有工夫搞文艺活动。燧人氏辛辛苦苦干了一辈子，积下点粮食，到了后代子孙伏羲辈的时候，伏羲就不用劳动，而可以搞搞观看、思考和创作了，这都是祖上余荫啊。"

"日月兄说得有道理，所以说，生产和写作是紧密联系的，是有直接因果关系的，"黯黯接着说，"具体到明明同学，又要搞生产，又要搞写作，这就是把外部关系内部化了，这是一个高级行为，是知行合一之路，是证道的必由之路。年轻人，有前途啊。"

明明睁大了眼睛："我什么时候要搞写作了？"

黯黯大笑："人经常不自知，你还不知道自己有多么牛吧。诗歌欣赏课三节才上了两节，你就不谈商业了，'立言'就在你心中生根发芽了，如今茁壮成长，你已经是天天以后台运行的模式在孵化文艺了。"

明明："可是天热脑子乱，我刚刚又觉得，伏羲不能说是个作家，伏羲是人文始祖，黄帝不是。"

"进步还挺快，点个赞，"黯黯拍手说，"始乱是可以的，终弃就不好了，做人做事都要有始有终啊。"

文青创业方法论

"搞事的空虚，要靠搞诗来填补；搞诗的空虚，要靠搞事来填补；搞事和搞诗之间的缝隙，要靠酒来填补。"企业家明明放假也不休息，加班创个小业，累成一条狗，被逼出了一句格言。

他自斟自酌的时候，敬亭山上的一朵卿云和一只燕子正在半空互相嬉戏。黯黯闻之大悦，朗声道："独酌无相亲，何不对酌，山花可次第开放也。"

"'半生加班狗'和'天然无聊者'确实可以成为一联很好的对仗。"日月兄最喜欢看到兄弟们和和气气开开心心一起喝大酒了。

酒过三巡，明明醉意蒙眬，一股要做酒桌知识分子的豪气冲天而起，一拍桌子，怒喝道："最优秀的文青是谁？孔子啊。一提到孔子，我们鸡汤业的鼻祖，我就痛心疾首，欲哭无泪：都是文学界的创业青年，事业的差距怎么就那么大呢？"

日月兄立即接口道："我来给你们分析分析最优秀的文学青年是如何创业的。明明创业我是非常理解的。创业成功率超低你以为他不知道吗？通宵打麻将伤身你以为他不知道？纵酒伤情你以为他不知道？超速驾驶危害生命你以为他不知道？为什么他还要创业，还要打麻将，还要喝酒，还要飙车？知其不可为而为之，圣人之道也。

"遥想孔子当年，以一己之力开创教育产业，先做成行业领袖，终为万古圣贤，为什么？其原因有四：

"其一务实。为什么要复周礼？因为夏商之礼没他份。周天子后人把档案带到鲁国，孔子看到了——他能而且只能看到这个。手头能干什么就干什么，不纠结，顺口起个旗帜，郁郁乎文哉，小聪明用对了就能征服客户啊。

"其二有效开拓市场。什么是有教无类？招生市场最大化啊！原来都是贵族才能上学，这个高端客群搞不定啊！打破常规，扩招！只要缴纳20条腊肉的学费，不论贵贱，全部收下！就这一招，就堪为万世之师。请问各位企业家，现在谁还敢像孔子一样做大众市场？

"其三重视产品设计。孔子重视产品设计主要体现在三个方面：一是改变知识表现形式，抛弃传统的物质载体竹简，把看书改为听课，把知识从视觉传达改为听觉传达，有形化为无形，历史性地开创了一次性音频产品，短时间内就成长为行业头部公司；二是结果导向兼顾使用体验，什么是因材施教？就是为客户量身定制课程，客户能听懂什么我就给你讲什么，能学会什么就教什么，能干什么就往什么方向培养，学习过程很愉快，毕业肯定能找到工作，当然口碑好！三是持续迭代升级。如何应对其他知识青年跟风搞教育而导致的市场竞争白热化？孔子改进产品功能，放弃师范教育和技能教育，搞人格教育和素质教育。我的学生全部都要胸怀天下！去从政吧！可见，产品始终是商业的最核心元素，三千年未变。

"其四连续创业。孔子调整产品功能以后，也身体力行，去游说诸侯。此时孔子已经做成了教育行业的头部公司，为什么还要二次创业去周游列国再创一个政治之业？他不是因为要守住既有事业，而是境界已经提高到一定程度。到底因为什么？因为爱！

"什么是真正的创业？真正的创业是对这个薄情世界最深情的爱，是对这个短暂人生最永恒的爱，是对这个浮躁社会最深沉的爱。

"孔子是文学青年创业的好榜样啊！"

日月兄话刚落音，青年企业家明明已经写成了新项目规划，叫来项目组，立即执行了！

黯黯也听得澎湃不已，略一沉吟，说："孔子伟大，未免高洁；万世之圣贤，有生也苦。做圣太难，做仙略易。你看李太白，单凭一口才气，一生之中虽非贵族，亦非丧家之犬；虽无大富，却也从不缺钱；虽为仙人，绣口不嫌谈钱。我口占一绝送明兄：

云想衣裳花想容，（李白《清平调》其一）

一杯一杯复一杯。（李白《山中与幽人对酌》）

地崩山摧壮士死，（李白《蜀道难》）

千金散尽还复来。（李白《将进酒》）

"愿各位文青企业家都能够像李太白一样，一生之中精神昂扬！都有千金散尽还复来的大事业！"

企业家写诗的意义

明明："又到了沉重的年底，2017 年要过完了。"

日月兄："什么是 2017 年？"

明明："时间刻度，一个计算方法而已。"

日月兄："既然如此，何必耿耿于怀。"

黯黯："众生受制于时间，而倍感沉重。"

明明："过年如过关，谓之年关。"

黯黯："又老了一岁，谓之恐惧。"

日月兄："时间其实并不存在。时间是人的错觉。有人说天上一天地上一年，有人说山中方一日世上已千年，都是自定义游戏。所以诗人说，山中无历日，经岁复经年。诗人过得比神仙还自在。"

黯黯："诗人无组织，不用写年终总结报告啊。"

明明："诗人还是没有脱离时间啊。"

黯黯："一部分诗人可以在时间里纵横啊，穿来越去，还有一部分根本不考虑时间。前者叫自由，后者叫自在。"

明明："还是诗人好混啊，只要自己认为好就可以了。我们企业家要拿数据说话，所以必须有时间。"

日月兄："所以企业家要写诗啊，以对抗时间，对抗虚无。"

明明："好啊，回头再说，我先去做报表了。"

第四辑

禅房花木

新诗通识课侧记

课程的缘起

诗的交流多数发生在诗友之间，诗友可能是朋友，更多是写诗的同行、同道，一般情况下交流时会不约而同地省略了一些不言而喻的基本前提，或可以称之为专业交流。后来出现作为带某某标签的诗人面向在校学生和在出版工作中的诗集推广环节作为出版人携诗人面向社会读者两种"非专业交流""普及性的大众话语的交流"的新语境，就遭遇了自己说得不够清晰、听众实在听不懂这两类具有诗学本体意义的尴尬。听不懂大概可以直接界定为一般听众欠缺诗歌知识基础，深入思考一下主要还是学校教育的缺失，多数人在校期间就没有接受到优秀诗歌作品的熏陶和可靠的诗学教育。说不清其实不是问题，因为不能要求诗人把自己的作品说清，诗人说清了反而不是好事，承担"说清"任务的是诗学研究者、诗歌教授和批评家，就又回到诗歌教育的议题上来了。

开启一段漫长的又因延时而更显漫长的博士生生涯后，在诸多诗学问题的思考过程中,我得以在整体性视野中重审诗歌教育问题。当今中文学科的教授居然大多数都不具备说清诗歌的能力,这是居江湖之远的诗人并不能预想的。惊惶数日后,也就普惠地原谅了中小学语文老师。这不是个人的问题。那是不是教育体制的问题呢?是,也未必是。是的原因在于,现代教育体制的分科化割裂了诗歌自身的完整性和混同性,把诗歌划入文学、作为文学的文类之一对于汉语诗歌而言是一个"误操作",必然造成文学教授不懂诗歌的结果,更糟糕的是造成了一种"专业性认知偏差"的系统性错误,一代一代的学生被教歪了,看起来好像全社会不懂诗了。但诗歌在社会结构中的边缘化是一个伪命题,从共时性视角来看可能如此,但眼界提升了就不是这样的,从历时性视角来看则必然不是如此。不是的原因在于,诗歌教育作为问题本身其问题焦点究竟在何处,恐怕是教授没想清楚的,也是诗人没想清楚的,这意味着当前诗歌教育自身的修为尚未达到可以和社会结构、历史正义平等对话的程度。"共时性低维度"是社会认知的普遍现象,这样的思维结构很容易把诗歌的糟糕境遇归结为人民生活还不够富裕,也会把诗歌教育之不振归于教授们教诗拿不到收入——把诗歌教育在中文教育中的边缘化作为对象化的课题进行一个小小研究是可以的,但毫无益处。解决问题首先要理解问题,理解问题必须反观自身。诗歌教育的焦点在作品上,作品的焦点在诗人身上。一个明显的普遍的整体现象是,当代诗人作为诗人其自身主体性——这种主体性用传统话语来说就是"无我之我"——不够,不够强大,不够持续。如此则作品的能量就弱了,诗歌与文学制度、社会结构、历史正义的对话能力也次第衰减,诗歌教育也就难以在文本-问题的对应性、交互性上站得住。无法以问题为纲,就只能流于作品赏析、文本分析的肤浅层次,熏陶也就无法深入心灵；这可能是以诗歌史替代诗歌、以社会性替代诗性、以泛政治化遮蔽诗意的各种当代诗研究范式之所以流行的内在视角；学术研究的路径若斯，课堂教学也只能跟着偏向。诗歌教育之痛胡不如是乎？

诗人只是问题的起点，不是问题的全部。诗歌教育自身仍有其相对独立的问题空间。初步进行了诗歌教育在诗学整体中的位置的思考后，又深入诗歌教育的内部思考选本、方法、教学设计、学生和课堂现场等问题，也对国内多所大学的诗歌课程进行了一些调研。比较重要的发现或结论有三个：一是诗歌教育的核心是选本，问题是没有好选本，当前甚至没有合适的选本。选本是诗学研究的起点，选本作为研究范式，其学术价值超出其他所有范式。编一个优质选本很难，适合诗歌教育的选本难上加难，教育视角与选本的文学史视角、审美视角、认知视角、治疗视角既是并列的也是统摄的，但当代诗选本一般只能在文学史视角上完成（地方视角、圈子视角可以视为文学史视角的具体化），在连审美视角都无法顾及的时代如何编一个教育选本是一个大命题。二是诗歌通识教育的普惠价值，不能把培养诗人、准诗人作为诗歌教育的目标，而要把提高全民素质、文化修养作为主要教育目标，对全体学生开设通识课的重要性无须论证，但是各高校还没有问题意识完整的"真正的通识"课。三是创意写作学科的崛起给诗歌写作专业化教育带来的机遇和问题，拥有理论修养、写作实践、批评能力和教学能力的复合型诗歌教授面向热爱诗歌、有志于诗歌写作、成为诗人的学生群体进行专业的、深度的、具体的诗歌写作教育，容易教，容易学，容易出成果，是否能培养出大诗人是未知数，大约可以提供利于诗人成长的较好的环境。其可能的弊端则在于学生的天性中的短处难以被正视。

总的来说，我希望可以在诗歌通识课和诗歌写作课的实践中完成一部诗歌教育选本的编选工作。这一选本无法直接在文献梳理中完成，只能在授课中不断地预选、入选、退选、新选，在问题和学生的互动中反复调整，逐渐完成。所以只能先从授课开始。具体的现实是我未必会成为一名大学教师：2022 年春季学期（或 2021 年秋季学期，记不太清了）博二的我以诗人身份应聘了某高校的创意写作学院，通过面试后终因身体原因放弃入职；后来身体持续欠安连能否及时完成论文按时毕业也成了问题，去大学教书这件事也只能搁置不想了。2023 年 9 月下旬看到"第三届文学与教育跨学科研究学术研讨会暨（中国）中外语言文化比较学会文学教育研究专业委员会 2023 年年会"的征稿通知，我构思了一个题目"论新诗教育的三种模式"，但只是以长摘要投稿，后来在会上做了 8 分钟报告，评议人王卓教授大概评议了 20 分钟，王老师博士论文做的诗学，也在学校开设诗歌课，对诗歌教育的若干问题颇有同感。这篇论文截至本文写作时仍未完成，可以把长摘要抄录如下：

新诗如何教育？当代新诗教育并存着三种模式：以考试为中心的知识教育，以写作为导向的专业教育，以素养为底蕴的通识教育。

新诗知识教育模式把新诗作为常规文类之一和其他文类并置于文学学科之下，把诗人、诗歌、诗歌史作为科学知识，通过教材编纂、课堂教学、考试打分等环节灌输给学生，较为成熟、稳定乃至僵化，既在教育理念上受到诟病，也不符合新诗教育的特殊的内在需要。对于不具备创新基础的高校和以大纲为中心开展教学的中小学，仍适用该模式。

写作专业教育模式作为对知识教育模式的革命和创新风气渐浓、初具规模，多所高校近年来以写作实践为抓手，通过创意写作、各体文写作等课程实施。"直接进入写作"通过刺激和诱发学生个性的绽放，仅动用中学阶段语文基础而形成本能表达，固然容易达成教学成果，但回避了繁复、艰难、长期的诗学基础培养，对学生的综合素养、心性修养价值较低，而且可能因偏狭式引导而阻碍学生形成完整的新诗欣赏能力，或将造成"虽然会写诗，仍然读不懂诗"的新尴尬。该模式适用范围在本科阶段以限于既成写作者、教学目标以培优为宜，较为适用于专业硕士教育。

诗歌通识教育则尚未真正成型，虽然有各种声称通识的诗歌课，但因为诗歌的特殊性和复杂性而并未做到真正的通识，普遍的做法是把考试为核心的知识教育微调为以文本欣赏为中心的知识教育，仍不出知识教育模式；而且其课程涉及知识的全面性和表述的深刻性均达不到通识教育所要求的一流层次。以欣赏为中心是一个正确的取向，但需要把知识教育更新为通识教育。新诗通识教育要重视基础。基础在这里就是基本问题，从而决定了方法：新诗通识教育必须从问题切入而不能直接从作品、从知识切入，从而形成新诗通识课的完整性、准确性、深刻性的内在价值。完整性要求统括诗歌的各种外部问题和内部问题；准确性要在基本问题的设定和阐释两方面都做到精准，这一概念因有他者视角的反观而超过"专业性"的内涵和外延；深刻性是对任意问题的垂直挖掘均能达到该问题的历史阐释的最高水准，和呈现当代前沿探索的最新触角。在这种教育理念的引导下、学术水准的支撑下，通过一定学时的熏陶和习得，应可以为学生提供较好的欣赏诗歌能力基础和终生自我进步的可能性。

通识教育进一步强化，加深其各个问题的深度，酌情与朱自清的作品模式或胡适的历史模式相结合，则仍可以在人文学科的硕士和中文学科博士教育阶段实施。

巧合的是，大约与写该摘要同期，有朋友建议我开设公益网课讲讲新诗。我想了想，虽然不知道学生是谁，开放式网课总归是面向社会的，把学院课堂的严肃内容普及给社会公众也是个好事情；这几年关于诗歌教育的思考还是可以呈现一下，而选本工作也可以推进一小步。就在2023年9月24日列出了《新诗通识课：新诗的12个基本问题》课程目录，并制作了一张标识了诗学的12个内部问题和12个外部问题的课程关键词及其关系示意图，一并发布，于10月3日开讲了第一课。

课程的设计

在课程设计时，首先考虑到的是对课程性质的定位：本课程是面向社会的（也是跨校的）公益性质的公开课，在腾讯会议举办，任何人皆可自由报名参与，免一切费用。免费的好处有多重，但我并不考虑其他，只是考虑到自己抱恙，能动性有限，连PPT也没力气做，若是收费恐怕难以交付各种承诺，而免费的情况下我只要在讲课的一个多小时里尽心尽力把问题讲清楚即可，而免费并不影响我认真讲课和希望有助于学生成长的近乎掏心掏肺的师道之基本。上课的节奏也是基于身体现状，安排在一年内上24节课，每月2

节，漫长的课间允许讲师获得足够的休息，也顺带考验了学生是否真的热爱诗歌。

往日积存的诗歌社会交流经验里，社会公众读者、诗歌爱好者、初阶诗人的基础薄弱倒是小事，是教学要解决、可以解决的部分，但他们隐藏甚深却又暴露无遗的对诗艺的漠视、对狂欢的渴望的习性却是课堂大忌，难以面对、无法满足、不可教诲，这一几乎是必然结果的预测影响了我对课程方向、授课方式和内容难度的设计和把握，我试图在摇摇晃晃中把课程维持在本科层次、低年级、跨专业的通识教育，课程主要强调诗学专业领域内容的完整性，紧紧抓住这一条不放松，内容可以浅显到失去部分学生但不能因为艰深冷门而失去学生，同时追求与问题匹配的诗歌文本的遴选，宁缺毋滥；在此基础上尽力做到问题叙述的准确性，有可能的话就进一步争取问题意识的前沿性。

是以作品为中心，还是以问题为中心？我大概琢磨了半天，最后决定以问题为中心。这样的方式表面上看会提高课程的难度，其实不然，从通识的理念来说，哪怕学生只是接收到了一个孤立的词，也是收获，也足以提供他们课下进一步深入学习的可能性。以作品为中心是听众的期望，短期效应良好，但三五节课之后就一定会流于庸俗的好啊、妙啊或不太好、还行的价值判断和感觉表达，失去教育所蕴含的必然的提高性诉求。通过学术问题而不仅是日常疑问的客观导向，向学生提示新诗阅读、写作实践中所涉及的诸多层次的问题，为学生打开新诗的丰富世界的大门，把学生推向进入问题之门后的条条大路通山顶的岔路口。

诗歌教育的一大特殊性就是必须直接面对、正确处置每个学生的个体特殊性，不是可以不可以都可以的而是必须的，不是可以曲线救国的而必须是迎难直上的，不是可以试错的而必须是在关键问题上做对的动作，教人写诗和教人学佛很像，这个世界上能高度胜任的人可能为数不多，如果要做到必须、直接、正确，需要一种佛法中叫作"他心通"的能力，翻译成白话可以说是拥有共情力、同理心并在此基础上把真理转译为学生当下能接受的话语形态并赐予笃行信念和践履力量，因材施教，观机逗教，针对个体学生的具体疑问进行解答，帮助学生扫清一些仅仅属于他个人的暂时的道路障碍，引导学生深入探索诗歌世界。

不知道学生是谁，坏处是无法预设清晰的教学方法，好处一是会敦促我做一个寻找本科生的动作，二是磨练观机逗教的本领，三就是会把课程导向一种自由的境界，即本课程将会成为一个去体制化的新诗田野教育，不预设培养目标，不做考核，不追求教学成果，课堂氛围轻松愉快，完全自然自由自在呈现新诗作为新诗的魅力。于我而言，最大的自由是没有老师的人设，这样的话心里就太轻松了，学生喊我老师我就建议他们喊师兄，当然他们坚持喊老师是他们自己的事情。

具体到问题的选择，诗歌、诗学是个超级大箩筐，问题多得不可胜数，要选择哪些问题来讲呢？近半个世纪以来流行的大分类法是韦勒克的内部问题和外部问题的分法，内部问题基本集中在诗性、文学性、艺术性的本体范畴，外部问题则分布在历史学、社会学、政治学、人类学的跨学科或交叉学科的范畴。我们当前的诗歌教育很少能把内部问题讲完，更没有把外部问题讲完的，对于尚未具有文学理论素养的低年级学生来说最多的可能性是会把诗歌史的外部问题误认为是内部问题，大概率会在写作之路上犯下重心偏离的错误。基于诗学问题的完整性和权重的辩证考量，我列出了课程目录和示意图，抄录如下：

导言篇

第一讲　诗歌与人生：写还是不写，读还是不读？

阅读篇

第二讲　新诗还是现代诗：新诗的大名

第三讲　体式：新诗形式的规定性

第四讲　新诗的语言：现代汉语的文学化路径

第五讲　靠什么支撑：诗歌中的理念和道

第六讲　人类的一员？诗人作为诗歌的要素

第七讲　从文化到文明：诗歌中的思想观念

第八讲　诗人的入史梦：文学史是个什么鬼

第九讲　土壤、施肥和拔苗：新诗与文学制度

第十讲　写什么：新诗的内容和题材

第十一讲　意象：化欧化古两条腿的走法

第十二讲　真假之辩：新诗的情绪、情感和情操

第十三讲　如何面对自由：新诗的声音、韵律和节奏

第十四讲　爱恨两依依：景观社会中的新诗传播

第十五讲　自嗨还是共鸣：新诗的接受悖论

第十六讲　德性：在诗歌与政治的明晦之间

第十七讲　修辞的细部（上）：诗人都热爱隐喻吗

第十八讲　修辞的细部（下）：修辞格及其运用

第十九讲　阑尾？鸡肋？新诗的标点符号

第二十讲　诗意的生成方式（上）：象与象

附图：课程关键词

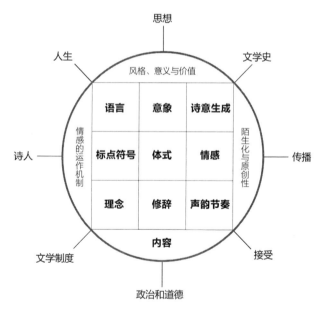

《新诗通识课：新诗的12个基本问题》课程关键词及其关系示意图　李日月绘制　2023年9月24日

课程的执行

课程信息任由教学秘书去自行发布。我有个念头，就是得有本科生，不然课程在问题焦点、难度系数、授课方式等问题上都无法维持其应有的稳定性，虽不影响讲，但影响学生接受的系统性。我向广西河池学院人文与传播学院的冰马老师、上海理工大学沪江学院的刘永老师、云南红河学院中文系的罗东旭老师、天津杨村高级中学的王彦明老师等几位在学校教诗歌的朋友发出开课通知，请他们酌情通知学生来听课。第一讲《诗歌与人生》开讲后一个小时左右我看了一下数据，同时在线人数为 75 人，只是不知道在校学生有多少、社会听众有多少。后续课程中人数逐渐下降，多为八九人，最少一次是 5 人。人少了之后学生结构就一目了然，长期跟听的主要是河池学院的四五位同学和两三位社会听众。比预设的情况要好很多，诗歌课不以写作为导向，一个学生都没有的可能性是很大的。

本课程计划 24 讲，实际执行 24 讲，内容和节奏略有调整。按实况，其中 22 讲问题，1 讲笔记点评，1 讲总结；前 12 讲先讲问题再答疑，重心在问题意识，持续半年，基本都是按照课程设计在按部就班执行。2024 年 4 月初，我突发急性扁桃体炎，较为严重，喉如刀割，吞咽艰难，遑论说话，消炎半个月，能开口又半个月，课程就耽搁了。我借此机会整体反思了前半年 12 讲的现场效果，一个尖锐的现象是我讲的诗学问题基本得不到直接回应，后半场的提问即使热闹到延时两小时，也是同学们就其写作中遇到的各种具体问题而问。如果不是扁桃体炎耽搁了一个月，可能就按照预设模式把课讲完了，学生听得懂多少，吸收多少，没有现场教学的面对面效应也操不了那个心。但有了这样的机缘，我就作了调整，把灌输作为 issue 的问题改为回答作为 problem 的问题，后 10 讲以答疑互动为主，只在最后 20 分钟作诗学问题的扼要提示，既然问题意识缩小就把第十七和十八讲合并为一节、第二十和二十一讲合并为一节，重心在因材施教，节奏调整为每周一节，约四个月，其间穿插了对谈等形态。对谈是邀请冰马、刘永和李原等几位诗人、批评家就当节所涉及的诗学问题进行互动。2024 年 9 月 1 日上了第 24 节课，全部课程前后持续一年，合 48 个学时，契合预设周期和课时规模。

课程最终的面貌，实际是由学生决定的。学生能提出高级的问题，课程就高级了。根据同学们提出的各种问题的共同倾向性，本课程在完成问题完整性的基础教学任务后，实际上偏向了创意写作的教学实践，包含了写作指导、改稿等具体课程形态。这是从通识课向写作课作的方向性调整，也是在实践中自然生发的，是当下的、科学的。其中非常富有理论启发性意义的是人文通识教育的实践性问题，诗歌写作教学与创意写作学科的适配性问题，此不赘述。

我近几年头昏情况较为严重，又不乐意念 PPT，讲得好或不好基本取决于当堂的身体状态。开课初期有那么几节适逢身体低谷，为了能顺利讲课，我会小酌几口，一边慢慢抿一口一边讲，一刻钟左右一两喝完，脑供血达到及格线，讲课就有舌灿莲花的感觉了，喝的是"天才的酒"嘛。但糟糕的是下课后，大脑过度兴奋停不下来而睡不着，失眠了多次后我就把上课时间从晚上 9 点开始提前到 8 点开始，多出来一个小时的降温缓冲期以期顺利入睡。这个课程进行的一年，也是我健康持续恢复的一年。扁桃体炎好了以后，我的康复程度大幅提高，五月份身上有较多的力气了，这也是能够每周讲一节的物理保障；我开始守戒，滴酒不沾了，没有酒来活血脑子也能够渐渐清楚了。后来回忆此情此景，我跟冰马说，昏聩和醉酒之时写诗的肌肉记忆可以完成很多大脑玩不成的任务，冰马说你这是富有学养啊。考虑到冰马一般不夸人，我还是得反省一下何为学养。就此一线路而言，我更感激学生，比起他们的青春气息热情活力加持了我的康复，我教给他们的那些诗学知识和写作经验是多么微不足道啊，不误人就无咎。

全部课程观察下来，在校生比社会人士更加热爱学习，态度更真诚，方式更优化；或者从社会人士本位来说他们需要另一种授课方式。比较认真、活跃的有谭佳丽、黄坤灵、杨运红和后半学期来听课的覃嘉莹，我请他们在最后一课上做了自我学习的总结，说得都非常恳切，真的学到了一些东西。我感到欣慰，课没白开啊。本篇侧记只是侧记，不涉及课程内容，兹录学生总结发言如下，可以从听者视角旁证我讲了些什么内容：

谭佳丽（河池学院汉语言文学专业 2021 级本科生）：

李明老师开展的公益诗歌讲座《新诗通识课》已陪我度过了一年的时光，每周二晚八点带领我走入属于诗歌的天地。现代诗歌不过百年，称为"新诗"不为过，却足以让我们这些现代诗歌爱好者不断去挖掘、继承、领悟和创新。

继承，是课堂前部分的主要主题。老师以古诗入手，品味古诗的韵味，讲解古诗的阅读方式以及古人与诗之间如何产生联系，让我再次审视起这些在历史长河中不断闪耀的智慧。比如《诗经》《离骚》等经典诗作。现代诗歌同样也不能离开这片源头活水，个人所抒发的关于诗的感受亦不能脱离历史而存在。

第二部分的讲课，注重讲解现代诗歌的骨骼，它的血肉如何能在作者笔下更为丰满，这让我意识到诗作为本来生命存在的韵律、语速，甚至是语气。至于意象，它就像是一个灵魂，始终在我的诗作里飘荡不定。我曾多次向老师提问"如何选择意象""如何将意象写得准确"，老师回答"一切皆可入诗""准确是相对的问题"，在课下，我会认真思考并且以写作训练作为检查成果的依据。

第三部分，诗歌语言的原创性、陌生化，可以说是诗歌不断鲜活的血液，这两个问题如何去进行突破？一是个人的敏感程度，二是阅读的积累程度，我的指导老师冰马也时常鼓励我，鞭策我努力成为一个理性诗人，这样方能走得更远，这也是我的目标。

最后说说这一年听课最大的收获。李明老师讲诗、改诗、问诗、答诗，每一次的叙述总是离不开历史、前人与世界。这让我意识到写作并非仅是个人用于抒发情感的窗口，诗同样与世界密切相连。作为写作者需要搭建自己与自己、自己与他人、自己与世界的联系，方能写出一首真正让读者有共鸣的诗，或是不拘泥于纸面的诗。

让诗跳出来，让一切去拥抱诗。

覃嘉莹（河池学院汉语言文学专业 2023 级本科生）：

这段时间听了李明老师的课程，我学到了很多关于诗歌的专业知识。虽然我听课的时间并不是很长，我是从后面开始听的，李明老师讲到的一些诗歌的发展史，以及让我们来讲的对诗歌的看法（比如上次的《冥想》《司马牛之叹》），都让我对诗歌的认识更加深入，也明白了想要读懂一首诗就要去了解诗人的背景和诗中出现的典故。李明老师也在课上用四十分钟让我们问问题，并解答我们的问题，我在提出自己的问题，或是听师兄师姐提出的问题时，都能更加深入思考我自己诗歌上的问题，解答了我对自己的组诗《乌鸦》的一些困惑，更让我开始去探索自己在诗歌中前行的方向。在这段时间，我收获了很多，真的非常感谢李明老师开设这个课程，在今后的路程中，我也会不断努力，听取老师的建议，争取写出更好的诗歌。

黄坤灵（河池学院生物科学专业2021级本科生）：

我收获比较多的可能是一定程度上弥补了我在诗歌理论上的不足，无论是从刚开始的新诗的名字由来，还是后面的节奏句式，以及后面运用例子结合的方式，让我们阐述自己的想法，各个方面其实是提高我们的思考能力，也让我们变得更加会提问。然后，改稿的话，虽然说并没有完全掌握到改稿这个技能，但是多多少少有了一些经验和基础。

另外，可能我收获最多的是借着这个讲座的机会，问了很多很多关于我自身写作遇到的问题。特别是在去年整个写作状态比较差的时候。真的十分感谢李明老师给我解了很多的困惑。有些是我在学校听其他老师的讲座之后没有解决的问题。有些则是我忽略语境之后，给自己产生的误导。

这大概就是我一整年的收获吧，比较可惜的是后面因为事情比较多，所以没有听完所有的课。最后，要再次感谢李明老师。

杨运红（河池学院汉语言文学专业 2021 级本科生）：

一、写诗与积累

（一）写诗要有一个持续性，不管写得如何，先写出来，再写下去，标题、句子、结构、修辞、韵律的修改是写出来之后的事。

（二）写诗要注重积累，坚持自我锤炼、自我进化。诗歌的技艺的进步，需要一定的重复练习，当锤炼成熟时，要追求进一步的突破。诗歌创作需要有连续的创作状态和细致的观察力，同时要避免自我重复。

二、写作与阅读

从广泛的阅读兴趣到具体的文学兴趣，再到文学的写作，再到保持文学兴趣以及写作动力。

（一）要学会把书读厚，再把书读薄。读书对写诗很重要，读书可以给我们提供词汇量，日积月累，整个生命的质量也会提升的，改变写诗的境界，而写诗的原动力和持续动力同样得到能量补充。

（二）学会和阅读交友，倦怠期时保持距离，休息一段时间，就对自己说："我们现在继续来交朋友吧。"

（三）以宏观史学角度，把握历史性，注意串联历史的脉络，先驱者对后来者的影响，后来者对先驱者的批判性继承与发展，以及如何通过整体性的角度来表达事物。

（四）同时，在整体性系统构建的基础上，加强对具体的细节的把握。

课程的后续

这一期课程，选本工作推进了一点点，课堂案例选用了古、今、中、外数位诗人的诗歌，新诗中的经典比如穆旦《冥想》，""80后"诗人诗作如厄土《司马牛之叹》、辛酉《删诗》、胡桑《惶然书》、马随《河南河南》等。即使加上我在博士论文的写作过程中的搜集，尚不过百首，数量规模离我的预期还很远。是不是还有可能再讲一次呢？

《新诗通识课》能不能讲第二次，基础是第一次究竟提供了什么价值。由于本文体例所限不便直录全文亦不宜概述内容，只能以自我反思、自我评价的方式来呈现其抽象价值：其一，诗就本体而言是悟道者言，诗就内容和外部价值而言是人类文明形态，提醒诗歌的初学者从如此高度来认识诗歌，不仅打开新一代青年的心胸和格局，也对新诗的境遇有积极意味，这是当前的诗歌教育中较少的，是值得进一步推广的。其二，作为通识教育的诗学专业问题意识的完整性可以通过前文的课程目录和关键词图来认识。其三，我的讲述还不仅限于诗学问题，也包括了跨学科的认知方式和大跨度长时段人生阅历的认知参考，也是在此意义上建议学生要"以自己为方法"区分经典诗人、诗人、诗歌爱好者和诗歌写作的位置及其阶段性。其四，究其内容规模而言，其实恰好是一个学期的教学量，调整一下问题结构，按18讲，36课时，每周2节，安排在4个半月内讲完为最佳节奏；也就是说既可以继续做社会公开课，也可以直接挪移为校内本科生选修课，这是本课程的应用形态价值。其他价值不再赘述。

王彦明建议我把自己的作品和写作经验作为案例来讲，以他的授课经验，这样最有真实感和示范效应。彦明兄非常能够理解本课程的公益性质，他亦行动多次，他同时建议我最好还是收费，收费具有更广阔的公益性。刘永建议我继续思考新诗教育的理论问题，再把课程讲稿整理出来，出版为教材。冰马则要求我帮助覃嘉莹等几位同学推荐发表诗歌作品，扶上马再送一程，把好老师当到家。这些建议都非常有价值，拓展了我孜孜于选本的视野。文学教育委员会 2023 年会上，和王卓会长交流的时候她提到了一个创意，就是联合若干高校优质师资研发一个跨校选修的诗歌课程。王会长有号召力，这事有难度，但价值很高，值得反复重提。

　　不知道《新诗通识课 2.0》有没有可能面世，此侧记也是 1.0 版本之后记，堪为第一个后续了。

2024. 10. 8—2024. 10. 10

写诗和做诗人

写　诗

1994 年我 12 岁，因无聊和不愿写作文，也许还有其他的未知原因，开始学写古诗，同期也写过语言学文章。写诗的启蒙读物是《庄子》和《魏晋六朝诗选》，这个起点很有意味，现在回望，大概是作品精神内质和诗人姿态的源头。从古风起步后，继以绝律，复填词曲。写诗曾是那么好玩的游戏，我就把班上数十位同学作文写成诗，生造了一个诗社出来。在农村中学新诗希见，到了县城能读到的新诗也是鲁迅作品集中附带的几首。1997 年冬我开始了新诗写作，文体发生变化大约是感到了表达受语言限制，当代人的认知要突破五七言四六句的藩篱，进入更自由地说话的开阔地。拐上新诗之路以后，旧体只偶尔为之。

我一开始写新诗，就有时间、地点的落款——后观之可谓"主动创作意识"，只是当时惘然耳。我的作品现存约莫 1000 首的样子，有一部分是写自己的生活经历，这是一种自然行为，包蕴了无意识的真诚，即自我观照、切己体察，可以作为自传来看。然后，在诗歌中与天地对话，与"最高真理"对话，尽量不与时代、文学史、利益集团对话；追求诗体的丰富、语言的精准、修辞的创造，而不滞于文体学、语言学和修辞学；追求审美、人性（德行）和历史（时间性、空间性、偶然性、具体性）统合融汇的整体性，试图解决现代性之分裂问题——最大的追求还是自由。写作时，我不仅为印证世界而喜悦，也享受语言自行推进的乐趣。大约 2005 年以后，度过了早期为赋新词的激进和苦恼，我可以不为"要写好诗"而焦虑，陆续超越了事实判断、道德判断、价值判断和审美判断，慢慢破除了贪嗔痴慢疑，离绝对自由又近了几厘米。

喝酒在我这里是个重要的诗学问题。酒不仅是上天入地的媒介、精神力量的源泉，更是写作的直接素材和核心对象。我在诗歌中缔造了一个酒意象的隐喻世界，包括许多酒品牌、酒品类、魅人味觉、悟道机缘和私人趣味。就形而下层面来说，喝醉会迫使我打滑的脑子停下来，强制降低思维速度，帮我暂时告别头疼头晕症状，助我进入睡眠，喝断片则会加速我在世间的轮回，把一生活出几世的效果。陶渊明咏酒诗占全集比重约为 40%，李白为 25% 左右，我现在大约接近 15%，打算再写上几十年，也会有点规模吧。喝酒诗学还有个外部问题：2000 年高考，喝得酩酊大醉后胡乱填报志愿，就到了上海——若非如此，我倒未必会成为上海诗人，当时最想去的地方是新疆；2016 年我又把自己喝到了云南去读研究生，还是西游边地，必以出关为还乡吗？

作为一种对自身命运的反抗，我曾经多次限制写作，甚至试图放弃写作。最显在的一次是 2013 年，我深感写作之痛苦，肉体无以承受，打算封笔，就以编年体例出版了一部诗集《痛苦哲学》，拉的架势就是总结、告别。不过，和每次戒诗之后的报复性反弹一样，消停了一阵子后，不得不写的内在冲动又让我写了许多作品。在更多时候，我总是为了写作更多、更久、更佳而行动。先是以写诗为核心搭建生活模型，工作不努力（打工时还算认真负责，自己创业就松套了），守护孤独，减少磨损，保持干净，保卫写作。其次是大体保持了读书习惯。我从小爱读书，算有一些童子功，大量阅读持续到大学毕业，后数年以践履为务（观照与反对）、以世事为书（磨损辩证法），继而又回到校园读硕攻博，在学问的轨道上读书，皆施为于主体之举，新添了些迂气，好在作品中没有落下掉书袋的毛病。最近自省发觉，12 岁少年的语言学妄念又蠢蠢欲动了，在2002 年感到语言材料自身缺陷之后一直琢磨着怎么破局也一直没有得法，多年来以语言是文明问题非我之务也自我麻痹，想来三十年过去了语言也该有进展了，姑且梳理一下吧。

做诗人与去诗人化

我大约在 1998 年就首次自命为诗人了——自命诗人是一件很吓人的事情——他怎么才能活到中年活到晚年呢？2005 年，时为化工销售经理的我，夏日午后走在宽阔、繁华、炙热的城市水泥路上，突然悲从中来，脑子里就冒出了一句话：“我就是个诗人啊。无论怎么折腾，还是诗人。”但杜甫 50 岁才写出“诗是吾家事”的句子。我整太早了，可能有问题。

写诗门槛比较低，一般来说有点才华并认识到才华不可靠，读过一点书并知道语言不可靠，就可以写诗了。但做诗人无疑是极为艰难的事业：人类的通用语言是货币，非人间公事而仅作为诗人私事的诗，流通成本高到了大多数时候不必流通，降低了显明诗人身份的概率；作为人类文明的载体和底色，诗又曾是政治主渠道和哲学新出路，这一顶无比灿烂的皇冠之于个人趣味和伟大理想都是活色生香的诱惑；写诗可以激扬自性，做诗人却要有个明心见性、超越自性的过程；还会遇到爱的羁绊、利益的捣乱等具体问题……这些悖论对诗人提出了致命挑战——谁能扛得住、守得住、耐得住一生去做诗人呢？

好在我多年来在诗人身份问题上颇为反复，数次自我确立、自我激励之后又自我怀疑、自我取消，这对写作和生活都有影响，但有可能更多的是一项保命行动：诗人是一种生命形态，也是我的生命纠缠。2021 年 3 月 5 日游昆明鸣凤山写了一首类似偈子的诗：四十年来人间事，转身无非是一痴；问我西游何时归，已赠关山三千诗。这是我的最近一次去诗人化。这次麻烦比较大：到 3 月 31 日就出现了失语症，所思不能言、思此言彼、所言非我思，持续至 12 月 30 日好转，尚遗有声音恐惧症。怎么回事暂时说不清，好在写作尚能缓缓持续进行，或无须求医只静待自愈。这次自我消解，什么时候能重新做诗人就没准了，每次折腾"消解—重组"游戏都会提高难度，感觉这次难度高到太高了，索性就给自己放个大假，30 年吧，到 70 岁看看情况再说。

与诗人身份相关联的有一个诗名问题，包含笔名、发表、交游等子问题。出不出名本来不是问题，名声这个东西，有了就有了，没有了就没有了。对于一个专注的诗歌写作者而言，出名（包括社会结构意义上的和诗学意义上的诗人身份的确立，以及基于此的写作行动，不包括名利结构中的名）似乎是内生性的必然，但我持续 20 年对抗、回避之，这种高度自觉的自我边缘化和去中心化，倒是能解释，但很难实现整合超越。我出生的村子，距老子出生地 55 公里，距庄子出生地 130 公里，距孔子曾祖父的家只有 40 公里——基因中的虚无、消极、淡泊占比较大，逍遥、心斋、坐忘也占了一部分。1998 年投了几次稿后，我母亲对她儿子的投稿和写诗行为实施了残酷镇压，斩断了少年以文学成名为生的路线，就像孔子搬家把升官发财积极用世的人生态度也带走了，就一直消停到 2020 年。作为全日制在校生为了填表，2021 年春节后我不得不再去投稿，感觉真难受。只是因缘所致，自 2001 年来曾与新学院、新城市、诗歌报、中财诗文版、撒娇派、垃圾派、钝一代、中原诗群、星丛诸子、浪游会等诗群诸友诗酒相交，随缘起灭，在一个"非我的我执"状态中恍惚过了 20 年，有时候居然也会看起来像是"在场"。也许是少年游戏的延续，或要让诗人身份更模糊，我在论坛和民刊上随便用了数十个笔名，变出了若干失踪者。兀那诗名若隐若现摇摇欲坠的美德——若非初始即自许诗人，从而内在地获得了写作价值的绝对独立性，否则如何熬过这漫漫二十余年真的就是个问题了。

写诗和做诗人是一个问题内部互相决定的两个构件，令人左支右绌、上下求索，如何面对现代诗学设定的制度性伤害仍是大问题——不做诗人就简单了，偶填一阕《调笑令》，清酒映天晴。

2021.3.20 初稿，2022.1.16 改，昆明

本文系为《上海作家》2022 年度"诗人专号"所写的"创作谈"

诗学革命的下半场

"新诗"的"评价标准"仍未确立，五四小传统已略具规模，诗歌的工具理性最小化，幸运的当代诗人可以自由地穿梭于古典汉语诗歌、现代汉语诗歌、西方现代诗歌和西方古典诗歌的多重语言工具、多重诗意机制之间，自由组合，随心创造。只要拥有自我阐释能力，想怎么造就怎么造；即使不能自我阐释，也可以随便玩，因为几乎没有任何人（包括普通读者和专业读者）可以（或者懒得）驳倒你。

过度的自由击中的恰恰是人类无力享受自由的叶公好龙之心，在这么无比美好的局面之下，有的诗人试图扛起重建秩序的大旗，美其名曰标准，实则桎梏也——但作为一种诗学追求，一时之学术，当然是可以成立的——作品怎么写都成立，则批评怎么写也都成立。

现代诗歌已经呈现误读有效、过度阐释光荣，已经成为作者、批评家和读者互相捉迷藏的智商游戏，尽管这未尝不可，但作为主流而涌动于拥有深厚历史传统即巨大历史包袱的汉语语境中，实在是不能不让语言卫士感到愤怒，不能不举起重建观念秩序的大旗。重建秩序的价值在于重建公共语言、重建共识，加强沟通的可能性和有效性。这个观念革命可以闹，怎么闹是个具体策略问题。

语言和诗歌是两个有较大差异的变量，考虑到语言和诗歌内部还分别有很多不同的小变量，其组合是无穷大的。策略取决于立场，立场是先决性的，有什么立场就会有什么策略（本文暂不讨论立场的选择逻辑）。"陷落"是一种立场，"进步"也是一种立场，"演变"也是一种立场。纯粹诗学立场作为中立价值，无所谓对错、高下。选择了"陷落"，就是隐含了一个先在的古优今劣的价值判断，就是为内在复杂变动的历史不定性的古典汉语赋值了一个常数，这是一种"断"，非大作手雄健笔力不可为也，但我们必须看到这一价值取向的后果，就是批评标准必然随之复古，必然造成对现代汉语价值的简单取舍。

谓述判断作为现代汉语的句法之一，自有其存在价值，因为现代汉语除了用于写诗写散文写小说，还要用于表达吃饭睡觉，写科技论文，写政府工作报告。一行文中说得非常明白，判断句也是可以生成诗意的，这一点我很赞同，但需要指明的是，判断句、祈使句、陈述句的诗意生成并非单纯依靠逻辑与形象的摩擦，而存在着独立的自有逻辑、自有路径，个见是：真即美，善即美，故而这一逻辑、路径的生效范围尚在认知行动之中，仍在绝对道德范畴之内，犹在千圣共证宇宙大道的过程之间。在此之后，则转化为纯粹审美。即使不讨论古典汉语中的"者也""乃""为""非"等经典判断句式，判断句也当然不可能是新诗的专利，古典诗词里也充斥着大量与典型现代汉语判断句结构同构的句子，比如李森文引用的"暝色入高楼""望帝春心托杜鹃"都在形式上等于"（定）主+谓+（定）宾"的结构，这些句式可以叫"准判断句"，也可以叫"准陈述句"或"准祈使句"，称谓不重要，重要的是语境及其相应的诗意生发机制。李森文中并没有以诗歌文体垄断现代汉语的意思，也没有以判断句指称全部现代汉语的意思，其语言漂移说作为古今中外诗学总体的整合、损益、抽象和推演，归之于诗学革命的牌桌，必然具体地体现为一个出牌策略、策略系统问题，亦有其必要前提和具体用法，小文不能展开，但可以明确指出一点，语言漂移说既然可以用于阐释古典汉语（判断句）中的诗意生发，当然也可以用于阐释现代汉语（判断句）中的诗意生发，无非是阐释起点和路径略有区别而已，可以抽象为主词意象以定语之位点为起点沿谓词设定的路径与宾词意象摩擦、砥砺而生发诗意。比如，一行文引用的昌耀《紫金冠》："当白昼透出花环，当不战而胜，与剑柄垂直/而婀娜相交的月桂投影正是不凋的紫金冠。" 月桂投影（虚无缥缈情）与剑柄（金属质硬物）相交的婀娜姿态是诗意生发的起点，路径是两个"当"，漂移到"紫金冠"意象之时与之发生摩擦、砥砺和暂住，一句诗生发了三个层面的诗意。

微妙的是，现代汉语兼容古典汉语这一事实在一篇讨论"陷落"的强价值判断的语言学论文中未能显明。我相对乐观一点，现代汉语在句法上的西化成分，丰富了古典汉语以语序为主要逻辑方式的表达力，激活、强化了汉语内在的逻辑表达功能，使汉语的语用扩大了，而这一新特征是可以兼容歧义性的——也就是说，现代汉语为诗歌创作提供了新式武器，使得新诗人拥有了写作高度创新型作品、超越古典诗词最高成就的可能性。这一可能性的实现，基本上要以前进为主要策略，尽管方向、方法等问题还有待探索。尽管中国艺术史历次成功革命均以复古为旨归，但在诗歌艺术领域，从根本上是无法与古典诗歌之巅峰进行平级对话的。要对话，我们就要换套路，这一点，六朝诗人面对汉诗、宋代诗人面对唐诗都已经做出了各自的回答，回答有效，而明清诗人的答案堪称不漂亮。现在轮到新诗人提供答案了。

晚清"诗界革命"和民国"文学革命"是依附于历史革命、社会革命、政治革命和文化革命的，诗歌凸显的是工具理性。早期的新诗人写作诗歌时，语言态度是非常粗暴的，最致命的是严重缺乏语言自信，对西方的了解也是肤浅的，这种情势之下，新诗的开局自然是毛病多多，先天不足，后天也不足。对五四以来的百年小传统的深刻、直接、有效的反思，是我们面对诗歌写作的一个必要步骤，其中首要的就是消化语言接触。佛经翻译对汉语的贡献、对诗歌的直接贡献我们都知道了，以《圣经》翻译为代表的西方典籍翻译对汉语、对诗歌正面的直接的贡献我们还没有看到，这是一个基本事实，王国维没等到，我们这两三代人也未必等得到。新的诗歌写作基于新的历史语境，这是诗学革命的下半场。超越西方中心主义是第一步，标志是新诗优秀作品完成了把新诗从外国文学转变为中国文学的动作，这不是学科意义上的，而是文学审美的表征和理路意义上的。这一步已经比较清晰了。第二步就比较麻烦，也是要害所在。

第二步是实现汉语一体化，即古典汉语和现代汉语在语言学和文学的双重价值标准之下完成融合，成为"汉语"。分歧就此产生。一部分人以复古为革命策略。复古必须以充分革新为前提，彻底的纯粹的新，因为不具备公共属性，沟通无效，必须借助既有通用语言与大众达成联合，这一动作貌似复古，故而名之复古。很明显，新诗的新还不够新。复古无效，而呈现抄袭、偷懒、才力不济、急于求成、认知偏差等负面面貌，最好的情况即"召唤"也只能是出师未捷身先死（有一种纯粹的言必称三代开口四六句的个人趣味和个人才学，不在讨论之列）。比如，残清大师章炳麟就要搞文学复古，未免太个人化；刚闹了白话诗革命没几天的胡适在 1920 年代又闹"整理国故"，让革命派摸不着头脑；1930 年代的文言复兴运动，许梦因汪懋祖也是按捺不住……复古实际上从来都没有停止过，但那不重要，当代诗人的命运仍然是朝向未知的前方，义无反顾，勇往直前，深刻接受创新必然失败的历史命运。诗学革命的下半场是寂静的：语言学、文献学、人工智能，坏诗之贼，好诗之友也；文学史、政治学、经济学，坏诗人心中之贼而好诗人之友也；还有心理学、传播学、分析哲学等各种批评理论那一拨等着看新诗笑话的中间派。创作主体的人生问题已经击垮了大多数诗人，硕果仅存的几位尚且在中场休息。诗歌从来没有面对过如此复杂的内外环境。破内外贼而友之，路漫漫其修远兮皆为一个人的战斗，没有战友，全靠自己一个字一个字、一行诗一行诗写出来，不会有鲜花和掌声。成了就是成了，废了就是废了。必然要写废一批作品，写废一批诗人。仍不服气的当代诗人可以自行揽镜沉思，自己是不是一块不硌脚的石头？新诗写作朝哪里走，固然只有后设答案，但确切的前提却有一个：现代汉语确实存在"杂交""混浊"之病——这可能是现代汉语最后一款病了，但这恰恰是需要新诗人去治疗的，新诗人应该调整对现代汉语的态度，要爱，真诚地爱，狠狠地爱，就像从来没有受过伤一样去爱。语言态度不仅是个哲学问题，主要还是个创作问题。我断言，抱有对现代汉语的消极态度、批判态度和对抗态度，是绝对写不出超一流的新诗来的。当代诗人必须从对现代汉语的怀疑中尽快走出来。

李森文中要谈的问题核心是"正统"，这很明显是他树立的一个诗学革命主张。依我浅薄的理解，这杆大旗有两个层面的意思：一是以复古为手段的创新，只有对存量知识总体的具体把握，才可能做到真正的有效创新，这里面有个笨功夫；二是以创新为前提的复古，这条前文已有阐释。先一后二，这是革命的正确步骤，颠倒了就麻烦。树立新正统并无不可，反向格义并无不可，革命主张哪里有对错优劣，只有成败。新诗战场的下半场只有三个人：革命者，旁观者，作为裁判员的时间。战士在战斗时想不了太多，别人爱说啥说啥，时间怎么裁判都无所谓。吃饭就是吃饭，睡觉就是睡觉，语言就是语言，诗歌就是诗歌。郜元宝《母语的陷落》一文认为中国知识分子对母语的痛恨导致了母语陷落和作品内在价值冲突，而李森对"陷落"打了个容易被忽略的问号，把意旨具体到诗学问题，隐约承认了古典汉语和现代汉语葆有内在一致性的可能，也饱含了一丝当代诗人共有的爱恨交加悲欣交集的诗学革命意志。

2021. 3. 20 草，6. 9 改，昆明

本文系诗学集刊《中国新诗年度研究报告》"原初论坛"栏目笔谈稿

主体与现场

诗意的生发无疑是最为重要的诗学问题。在这一最重要问题的内部的多重性结构之中，最为重要的无疑是创作现场；在创作现场的诸多要素之中，最重要的无疑是创作主体，即诗人自身。从根本上说，诗人的自性决定了作品的面目。所以，重德的古人治诗从经学起，尼采认为伟大的艺术是肉体向存在盛开的花朵。

创作主体的养成之路，是一个迷阵。我们固然可以认为超一流大诗人是突然冒出来的，是上天的偶然泄密，俗称天赋。但是，上天是怎么冒出来的？这是一个诗学悖论。如果我们采用多模型对天赋进行反复剖析、模拟和演绎，我们就会发现，实际上并不存在一个横空出世的大诗人。顿悟优于渐悟是中国文人在宋代以中唐典故敷衍寓言的自我虚构。对于一个现代诗人来说，在观念的丛林中真刀真枪、一刀一枪实实在在地杀出一条血路来，是基本命运。这一实践就意味着渐修的工夫论，是不停地自我反对，持续地自我超越。这一行动并没有哲学意义上的边界，也就是要警惕尼采对权力意志的边界设定，而重新认识先秦诸子的御风而行、逍遥游于艺。也就是说，超越并非一个线性的上升过程，并不存在所谓的进步、进化等东西，诗意从来都是存在于"转化"之中，对于诗人而言，向前走即可，甚至是向后走、向左右走都可以。

可以说，创作主体的自修之路，最险峻的关隘是对反对的反对。作为一个天命诗人，最大的障碍可能就是自诩为谪仙，而忘记了自己只是个人，一具肉身而已。所以，自有意识开始，就反天反地、怼人怼物，妄图对抗松动文化。这是对幻象的执。诗人要会反思，不仅要反对，更要反对自己的反对，即对反对的反思。举个例子，文艺之时代性，往往是一代诗人艺术家对上一代人的反对，是一种"贴着打"的艺术策略。这造成了一种艺术史的基本面貌：古今中外的先锋艺术家最后都会走进古典的怀抱；这就是反对无效，即复古，也就是把复古当作了最主要的创新力量和革命力量。文艺复兴要往古希腊跑，现代主义则跑到史前艺术；中国人言必称三代，好人品皆曰高古，都是这一套路下的次级结果。这一现象警醒我们，时间性是艺术创作的敌人。共时性是大敌，历时性是超级大敌。也就是说，追求时代性的作品和追求超越时代性的作品都会陷入历史主义的迷阵之中。从而导致人类艺术史的死循环。如果诗人艺术家不能够对历时性这一命题做出反对的反对意义上的思考和新型行动，则艺术创造、诗意的生发都将是不停地复述，即彻底取消了艺术创作的合法性。

如果我们把"反对"置换为"超越"一词会如何？

把"既反对人类中心主义又反对自然中心主义""既反对个人主义又反对集体主义""既反对自我主义又反对他者主义""既反对古典主义又反对现代主义"置换为"超越人类中心主义或自然中心主义""超越个人主义或集体主义""超越自我主义或他者主义""超越古典主义或现代主义"会如何？

诗人作为一个思考者的姿态，是没有过程、直达结果的。学术界的朋友们发展出了一套"存在—理念—上帝—理性—意志"的语言游戏，以凌驾于人类日常生活的姿态玩了两千五百年，而这一套游戏在诗人艺术家的手里体现为肉体的直觉，成为人人皆懂、人人可行的生命常识。我的意思是说，实际上也从来没有"超越"这么一个东西存在，因为对虚构的超越即是回到本来，也就是说，在观念的丛林中的搏杀实际上是眼耳鼻舌身的缺失，一旦我们打开了自我屏蔽的肉体之门，我们就会立即赢得这场观念的战争。

然后我们将再次陷入无聊。

我们将再次面对艺术的起源问题，重新思考诗意生发的路径问题。

回到原初，重新出发，何去何从？

很明显，我们不能再次与观念交战，否则上一仗的牺牲就白费了。擅长调和论也就是中庸之道的人会迅速想到兼容并蓄、中体西用、两条腿走路最保险，甚至包装为混融的一元论，但是这套把戏在艺术创作现场必然破产，因为并没有可以付诸实践的调和，肉身的绽放不过是提高了艺术生产效率，本质上还是抽象逻辑在支配；而写诗搞艺术从来不是控制论，精于语言算计的聪明人是艺术现场的失德者，在他们的内心深处充满了对语言失控的恐慌感，于是急急忙忙地奔向自己位于公墓的艺术结果：把自己包装为艺术权威去哄骗老百姓。调和论的另一个变种是第三条道路，不偏不倚，左右不沾，走自己的路，什么路呢？拆开来一看还是老套路。

假如我——也就是本文作者——能够与轴心诸子、尼采等人站在同一序列，我仍然无法提出新的解决方案。也许我们正处于一个悲伤的局面之中、一条下行的坡道之上、一根抛物线的后半段，艺术、诗歌、诗意都在不可避免地走着自己的崩溃之路。认真地完成自己的命运，似乎是一个必然的自然选择。

让我们回到写作现场，一起面对创作的具体问题：

首先，要在作品中摈弃与诗歌史、文学史、艺术史对话的任何企图，转而把声音献给自我的肉身，即从肉身出发向世界绽放诗意；或者面向人类文明史说话，也就是把诗歌写作建立在诗是人类文明的底色这一认知的基础上；或者面对人类未来命运表演沉默，要思考和行动而不是编织口号；在作品中出现的第四种可能是诗学意义上的朋友，作为唯一的时代性、社会性内容，我们要致力于酬唱之作。

其次，仔细反思每一个词语，认真探索每一个词语背后的深渊，从事物、概念和情绪的多重路线对每一个词语进行训诂，不要建立现代汉语的训诂学，而是通过作品建设现代汉语的表现力，以求重塑汉语的语言魅力，这其中包括现代诗的汉语化（学科意义上就是把新诗从外国文学转回中国文学）、现代汉语与古典汉语的整合等子问题。

再次，花大力气整顿修辞，但不能停留于此，最终还是要把核心精力放在创作主体的塑造和再造上。要致力于追求做一个开悟者，除此之外不要任何标签，尤其是要警惕完整、缺陷的人性执念；要在生活中和作品中建立双重的实践美学，也就是证道和行道。诗人要养气，先辨析一下是养什么气，德行意义上的心气要好好养、辩证地养，但性格意义上的脾气、医学意义上的胀气都是要不得的。

最后，万一诗人要博雅——核心原因是我们所处的自然环境和社会结构变化了，我们的生活比屈原陶渊明李白杜甫的生活复杂太多，我们要成为屈陶李杜这一级别的诗人要花费更多的精力、消耗更多的能量，我们很容易成为专家但很难成为博雅通达之人，所以我们可能需要去读更多的书、思考更多的问题，把自己先变成一个思想家，而不是学者。这一歧途如果必须要走，一定得牢牢把握一个基本原则，即学问和思想要统摄在诗歌创作之下，即以才治学。从作品意义上来说就是把握文体的边界，诗歌不是哲学分析和数学演算，尤其是一种包罗万象泥沙俱下的写作更要有文体意识。更重要的一个细节，就是这一过程不一定是艰辛和劳心劳力的，如果很累，说明你不合适干这个事情，赶紧停下来，去改行做工程师、快递员都很好。坦诚、坦然面对自己的局限，比理解和原谅人类的局限性更重要。也许，一个诗人的边界就是不能把自己写到肉体灭亡，毕竟，屈原投江后就再也没有人有资格自杀了，累死就更蠢。如果我们活得足够久，也许能等到尼采的超人成为真正的超人的时刻，那时，我们将拥有全新的诗学。

2020. 12. 5—2021. 3. 1 昆明

《想想诗文集》跋

朱想想终于要出诗集了。

或者说，朱想想终于勤奋写作了。

这个血液里流淌着诗歌基因的诗人之子，童年就耍过几首诗的天才，游离了 20 年后，终于又回来了。

当浮一大白。

朱想想这些作品多数写于近两年，都是新诗，以锤炼少故，诗艺略显生疏，但其中蕴藏的高能量级和修辞天分不容小觑。

诗人首先是一个思想家，才能把诗写好。这是现代诗的真理。在这个意义上，朱想想一开始就路子对了，而且是高速公路。其作品中多有阅读经验体现，尤以哲学著作为多，甚佳。不仅如此，朱想想的诗还蕴含了另一个高级的东西：情思。这就有效地区别于学院式的掉书袋写作和观念装配式写作，进入了好诗的内核。所以，朱想想在部分句子中也传达了一种"精妙"的东西。

整体来说，朱想想的诗歌普遍有一种沉着、稳重、大气的优秀品质，意象大开大合，跌宕起伏，也不乏举重若轻的幽默感，已经长成了一个优秀诗人应该有的样子。

转喻的运用已有小成，可极力修炼之，当然若能将修辞极大丰富当为更佳。结构问题、熟语问题是下一步要重点关注的，在结构上力求避免乱、散、飘、平、硬，遣词造句时不用污名化词汇、不用熟语，深究词性力求精准，这些推敲的苦功夫下了，搭载上你的天才气，必有大成。

出身比较好的人，没有生存压力，才华又比较大，是非常容易虚无的。须设法化解这种虚无。成为一个著名诗人是比较容易的，声望和艺术成就双双超过自己的父亲有点难度，但也是最有意思的，难道不是吗？愿朱想想此次归来，不再封笔。

2020.4.20 上海

《好诗》发刊词

对于一个"诗人"来说，这是一个最好的时代，无论如何写作均可成立——毫无难度。人人都是诗人的时代真的到了。

对于一个"写作者"来说，这也是一个最好的时代，人类文明断裂式的变化为文艺作品提供了无限可能，也令"真正的写作"变得难以把握。

其中最硕大的标志物是"诗人小冰"，TA 意味着，一切诗都将迅速成为"旧诗"，你必须成为一个天才。

什么是天才？

不知道。

只有持续写作。

持续写作有很多维度：写作行为不间断。写作状态长期稳定。主动杀死旧我，然后顺利诞生新我——不断重复这个过程。写出了传统理论不能辨识的作品……越来越刺激，越来越未来。

故而，持续写作是人间之路，也是未来诗学。

《好诗》用三种版本持续面向未来：出版物版、新媒体版、酒瓶版。为什么要出酒瓶版？因为小冰不太可能喝酒。

让我们为"新诗"干杯！

2019. 12. 25 上海

在孟浪追思会上的发言

我和孟浪老师的交集不多，简单说几条：

第一，我小时候喜欢看词典，看到"孟浪"这个词，心里一哆嗦，很亲切，感觉就是说我的。后来发现这个词还是一个诗人，就特别期待能跟他有缘见到。我和孟浪的交集源于一个修辞，这可能有另一个意义：孟浪的诗对新诗的修辞贡献仍有待挖掘。

第二，五六年前，冰释之神秘、严谨、顿挫地和我聊了个天，拐弯抹角的大意是让我不要害怕，他要推荐我的诗给孟浪发表在笔会的刊物上，还说让我考虑一下，发不发都随我。我说我都熬成诗歌界的离休干部了还紧张个啥子哟。后来孟浪给我回信，表扬了我几句诗写得不错之类。但后来可能没有发出来。

第三，所以引出第三条，过了很久，估计得有一年，冰老师问我收到稿费没有，我说没有啊。那可能没发，再给孟浪发一次邮件。就又发了一次。我们应该又来回聊了几句闲嗑。但好像当时孟浪已经不负责编辑事务，所以这一次可能还是没有发出来。

第四，我和孟浪的交集起源于词条，终结于出版。如果有可能的话，可以做一书《当代汉语词典》，只收录一个词条："孟浪"。

用修辞和出版，向孟浪致敬。

2019. 1. 12 上海

诗人之诗与 AI 之诗

从机器人的"思维"即软件系统的逻辑算法来说，构成诗的语言的语音、语气、语义和语法诸要素均可以被模仿，包括人的情感、道德和审美，也可以被模仿。只要算法足够复杂、精确，数据库足够庞大，从具体作品的具体要素上，也就是从创作机制和接受美学的角度而言，机器超越人的创作是可以预测的事情，甚至就是明天。今天的机器思维，可以确切地说，还做不到否定之否定，做不到放弃逻辑之后的混沌。

但艺术，尤其是诗，其包蕴的主体性、时间性是特定的、唯一的，完全可以说，"我"在"此刻"所创作的任何一首诗，都是机器人在任何情况之下均不可模仿和超越的——折叠的时间也是逝去的时间，改变不了线性；被创造的另一个"我"也不是本来之"我"。

2016. 12. 1 昆明

海上诗歌沙龙理念

本沙龙的命名源自"海上人文沙龙",拓展到诗歌领域之后,恰好与 20 世纪活跃度极高的"海上诗群"有了呼应。巧合有时候也是必然,我们愿意向历史致敬,在前辈光荣精神指引下,为上海诗歌界和汉语新诗做出新的贡献。

本沙龙志在以严肃的态度、专业的方法、艺术的氛围、诗歌的立场,在艺术创造、文本批评和接受美学的多层面上,致力于梳理和记录上海诗歌现场的文本、历史和精神,传播到圈内圈外、国内国外。

对于诗人个体,本沙龙致力于在历史语境和当代现场的双重背景下挖掘其文本特质、人格特质,鼓励有情有节的赞美,也鼓励有理有据的批判。

2016. 9. 20 上海

答《飞地》问

1. 你平时是一个具有幽默感的人吗？（如果有的话）是否会经常将这种幽默感带入写作中？也请谈谈如何处理诗中的幽默性成分？

我不得不坦诚相告：我是一个非常具有幽默感的人——尽管我的调笑言语几十年来从未令人发笑。一般我不说的事实是，我幽默的所在，是眼睛和心灵：一双幽默的眼睛来观察世界和看待生活，一颗幽默的心灵来感受生命和领悟文艺。我主张生活与创作的一致性，怎么写就怎么活，怎么活就怎么写。作为一个读者的我，最喜欢的就是作为诗人的另一个我所写的作品——我每每都能从中获得非常的欢喜，读着读着就会笑出声来，我有时甚至为这个老兄暗暗叫绝：竟然有人乐此不疲经年累月地把世俗笑话讲得如此高妙！我处理诗中的戏谑成分，大约可以模糊地分为以下几种情况：作为一种风格的点缀或整体面貌，作为一类构成诗意的内容或观念，作为一系列繁复多变的表达技巧。并且，由于上述的一致性，我经常在生活中给自己开个玩笑，聊度无涯之生，有诗为证："我在甜蜜的黑夜里／试图经历所有的悲伤"。

2. 请举例说说你认为的"好玩"的诗，并谈谈诗的游戏性。

一首"好玩"的诗应该可以让读者开怀，可以是张口大笑，也可以是莞尔一笑，也可以是内心深处的会意一笑。好玩的几种可能：一、形式好玩，刻意垒出某种形状；二、工具好玩，文字、符号和图像的灵活运用；三、节奏好玩，韵脚或旋律带有喜感；四、观念好玩，触动人类笑穴的观点或描述。前两种很常见，就不举例了。第三种曲里常见新诗少有，《我不说话我就看你要不要脸》大约能算一个。第四种比较多，情况稍显复杂，三观、心性均能构成之。

《好玩的不因我说好玩而不好玩》并不算一首正常的好玩的诗，这首诗并没有提供一种让读者看一眼就能捧腹大笑的娱乐性，而是呈现出一种幽默的认识论，也许有人会因为作者的这种认识论而发笑，有人会因为诗中呈现的世界而发笑。其实，这也是诗的游戏性之一。游戏的深刻之处在于游戏中存在着严肃性，而严肃本身弥漫着荒诞性。诗这种游戏绝不仅仅是文字之戏——摆弄几个修辞格，捣饬几下平仄韵脚，甚或是发表一下揶揄的态度，都是该游戏品种的原始阶段——诗的游戏在摆脱表层娱乐功能而进入深刻的颠倒既有价值体系的本体论领域之后，会幽默得不能自持，作者和读者将一起发出"这个玩笑开大了"的感叹。

3. 你如何看待"戏谑"或"反讽"之于诗的意义？

在传统文学研究观点里，反讽是"诗言志"的重要策略，是人通往道德的门径之一，它有善的功利价值。戏谑是什么呢？茶余饭后调笑令耳。所以，反讽作品作为一类重要的研究对象，是构成文学史的一大组成部分，"戏谑"则似乎只是零星的几个诗人的几首诗而已。无论是诗人还是诗的研究者，对"戏谑"的关注度都还不够。

但诗自身蕴藏的发展路径，必然导致"戏谑"被提高到作为超越诗歌社会意义、重构诗歌纯粹美学的基本策略的重要位置。毕竟，反讽只是一种修辞技巧，戏谑则不仅是个手法还可以构成整体的诗的面目。

4. 在诗中，戏谑体现为"轻"质的时候，似乎偏向于揶揄和取悦；戏谑体验为"重"质的时候，则更常偏向于讽刺与批评。在这两者中的哪一种情况下你会更倾向于使用戏谑的方式来书写？

我没有倾向，我可以全部戏谑。举轻若重，举重若轻，都可以通过戏谑来完成。不过，还有其他办法，也不可能在"戏谑"这一棵树上一直吊着。我的作品大约有三分之一是戏谑的吧，一两百首的样子，即将结集出版，名为《欢喜伦理》。

5. 为了达致某种表达的愉悦，你倾向于在诗中进行精心的安排，还是自由放纵的书写？在你看来，这两种方式是否有什么不同？

目前我分不清精心安排和自由放纵有什么区别了。我觉得精心安排就是自由放纵，自由放纵就是精心安排，二者是同一个事儿。前溯一些年，我可能还是更喜欢自由放纵，这是性格所趋；但就创作一首诗的具体场景而言，精心安排又是一种内生习惯。一只脚踏进了中年的诗人，大概都要这样吧？

6. 将诗视为对语言和情感加以节制的艺术，并着重智性而非抒情性因素，几乎是现代以来诗人和批评家的普遍观念。在这种经典论述的笼罩下，强调语言的狂欢和叙述的腾挪，几乎构成了一种新的偏离。请结合自己的创作，谈谈这个话题。

新诗的抒情性一点也不弱，古典诗歌的智性也不比新诗差。所谓"经典论述"从者众而已。文言文和白话文两种工具构成的诗歌作品必然有多重的异处；概念的大量增加（社会变迁、语言变异和西方诗歌等）是新诗创作首先要处理的一个棘手问题，智性比重的凸显大约与此有关。但并不能以此判断现代诗必然重智性。诗无界弗远，我个人写作中，想抒情就抒情，想说事就说事，想讲个小道理就不会去讲大道理。

7. 作为一种自身即带有自由基因的文体，现代诗似乎同时为作者和读者提供了穿梭于不同时空之间而不必考虑"设定"的可能性。如果你有多文体的写作经验，请谈谈这种在诗中的穿梭和腾挪跟在其他文体中有何不同；如果没有其他文体的写作经验，那么就聊聊你在诗中处理时空的方式吧。

我一直写诗，包括古典诗词和新诗等，近几年涉及人物传记。就文体的区别而言，新诗的自由度是最高的，古诗其次，旧体诗和词再次，传记的自由度是最小的。实际上，修辞训练达标以后，旧体诗一样能拥有广阔的自由空间。所以我们可以笼统地说说诗和传记。在写诗的时候，语言随着思维和情感一起上天入地，了无障碍，酣畅淋漓；但在修改的时候，一开始推敲，痛快就极有可能变成痛苦（虽然这种痛苦也是愉悦的）。可以说，写诗的限制是滞后的。传记则是从头到尾到处是条条框框：材料的真实性、历史背景的认知、人物关系的把握，这些是思想性问题，是前置的限制条款，后面则是材料取舍、创作手法、修辞等文学艺术问题。诗也有可能会遇到这些问题，但多数时候不会有，或者只是会有其中一部分问题。所以，一气呵成这个词只能用在写诗上，传记的创作过程只能用这个词：磕磕绊绊。时空问题在传记创作中是个思想性问题，而且是特定的时空关系，没有什么穿梭的可能——除非是文学手段意义上的时空穿梭，就像诗一样。但传记创作再费劲也永远在技术层面，诗则一直在灵魂层面穿行。

8. 在日常生活和阅读经验中，你是否发现或开拓出一些可能激发腾挪意识的途径，并有效转化于写作之中？

观鹅、捕蛇、赏舞剑、遇樵夫，皆可有效提升艺术创作；读佛经、小说、历史地理乃至数理化，均能择其可诗者。拙作《莱布尼茨的春天》或可为证。

9. 经由密集修辞术或对日常场景的戏剧化书写所组织起来的诗，和在日常性中窥见具有戏谑效果的瞬间并以白描或口语的方式书写的诗（这里面似乎也暗含着当代诗的两条不同的路径），于读于写，你倾向于哪种？

无区别对待，都读都写。对修辞的密集程度大家理解不同，所以从统计学角度，排除故意佶屈聱牙的情形，我写作更倾向于诗意的直白。

10. 新诗百年，通过数代作者的劳作和赋魅，已逐渐构建起独属于自身的"神话"，并俨然塑造出了某种具有公共性、严肃性和翻译腔的诗的"正统形象"。这种情况似乎直到 20 世纪 80 年代才有所改变，而改变的方式则多种多样。请结合你的写作历程和阅读经验，谈谈三十年来当代汉语诗人在这方面所做出的改变。

鄙人孤陋寡闻，从来不知道诗还有"正统形象"。祝愿找到这个宝贝的老兄早日成为一统地球的超级大师。

2015. 10. 15 上海

收录于《飞地·13：腾挪与戏谑》（张尔主编，海天出版社 2016. 2）

在路云诗歌研讨会上的发言

考虑到时间问题我少说一点。

读诗是非常幸福的一件事情，读到了好诗，那种神会的幸福感尤其美妙。在读这本诗集的过程中，我充分领略了这种美。从上午到现在各位老师、各位朋友把路云诗歌很多的维度都解剖得比较好、相当全面，我简单地说几点我的个人感受。

第一，路云诗歌的审美特质是比较突出的。我感受到他很多的诗篇里面都弥漫着一种气息，就是平稳（尽管常有句群大转折）、从容（尽管多有险峻的修辞）、神秘（尽管大量书写日常场景），换言之，我感受到路云在现代主义写作里表现了古典的和谐之美。这可能跟他的人生经验有一定的关系，把复杂的人生迈过来之后，方能够拥有这样一种平稳、平和的气息。当然这种平稳、平和不是平淡，路云作品里面潜藏着气息的激荡，在句子和句子之间、词语和词语之间、意象和意象之间这种激荡都比较丰富，可以说这是中和又恢宏的"大和谐包裹小激荡"的一种气息结构。

他的修辞是丰富、鲜活、奇崛的，这个大家谈得比较多，我就举一个例子，就是短诗集《光虫》的第一首诗《紫藤》，这首诗里，

"落叶—恶狗—紫藤—狂犬"这一条贯穿全诗的修辞脉络呈现出多重意象的统一，本体和喻体飘忽回移令人如游九曲江河；"桃子石榴—阳光—果汁"这条短线是主客体的飘移和转化，又恍惚进入了万镜楼。一首十几行的短诗，他翻来覆去绕了好几个弯，意象缠绕在一起，摇曳多姿，可反复品咀，我喜欢。

第二，我发现他作品里面有很多幽默的地方。不知道在座各位有没有这样的感受。幽默本身是一种很高级的修辞，无论是诗的幽默还是生活的幽默都要有很高的才华，还要有点聪明的小技巧。子禾上午读了这句"巷子太深就有可能变成蚯蚓"，其实从修辞的角度理解它当然是正向的，但我第一次看到这句话的时候，我的第一反应是这里隐藏着一个玩笑，这个绵延的句式里面有一种幽默感，一种修辞艺术被放旷的灵魂所激活后的清欢。像这样的例子很多，再多举几个例子："北风不腐烂，不结冰/她从老远的地方跑回来/悄悄让我腐烂""那些恨死了猫的人，赖在床上""现在轮到你，用刀子啃苹果皮"……我读这些诗的时候不停地批注，欢喜得很，我乐意亲近富有这样宽松气息的作品。

第三，我谈谈结构，这个大家也多持肯定态度，我只表达我的一个概括。我发现他有一个很独特的地方，应该有 50 首诗以上的规模，整体上呈现出来一种结构类型——他一首诗的第一行非常有力度，海雨天风突如其来，很抓人，然后第二行转折会比较厉害一点，把这个力度直接削弱掉，然后第三行、第四行再续起来。这是非常明显的创作特点，一个结构上的特点，这可能是路云发明的新式武器。我以前的阅读体验中很多诗人喜欢玩"凤头"，起句充满了顶级修辞智慧，但很少有诗人第二句的时候做如路云这么大幅度的收缩（他们一般会转折或分步接续），不仅是文气转折，内容也更换，甚至句子变得极短，形成了前面颜炼军提到的路云诗中意象"樱桃小口"一样的布局，他确实在这个位置做了一个很大的向回缩的动作。所以我给他打了一个比方：路云有一批诗的结构"像一个带提手的酒壶"，首行是提手，第二行是壶嘴，余下是大而混沌的壶身——他的首句可以把整首诗提起来。当然，我要补充一句，我是从他句子和句子之间推进的气息来划分结构的，不是从内容来划分的。

整体来讲，路云的诗在很多小细节上的修辞设计和结构设计都非常有创见，看得出来路云有自己独特的思维方式，应该是一个智商高的人。而且我觉得他有一点很难得，就是我感觉到路云是一个能够掌控自己写作才华的人，这一点非常不容易。一个有才华的人，才能写出非常好的诗。但是如果才华大到很大的时候，可能又不太好把握，自己把握不好自己的才华，我遇到过很多这样的案例——乱写——很多诗人朋友存在这样的问题，在诗的结构上出现纰漏，或者是词汇选择上有问题。路云虽然也存在着因为修辞奇崛而导致的少量的选词上不够贴切，但是整体上来讲我觉得他还是比较能够掌握自己的写作才华，他的情感情趣或叙述意图都能够通过准确的词法、句法和章法表达出来。

这里有"凉风"，我就说这么多吧。

2015.5.13 长沙

《纸上的时光》编后记

一、引言：老朋友

十几年前，我还在学校里做诗歌青年的时候，参加了几次玄鱼、达陆等人操办的新城市诗社的活动，位列其中，甚至诗社印名片时还给我做了一张。在闸北区文化馆忽而敞亮忽而逼仄的活动空间里，程林低调，安静地读诗，安静地听大家讲诗，偶尔自己也说几句，一点也没有曾经少年成名的张扬。他把自己埋藏在字里行间，以真诚的气息潜行于诗歌阅读和创作中。

二、编辑：也是审美

2013 年春天，程林委托我编辑出版他的新诗选集。我跟他讲，我干活比较慢，说好听点叫认真，只是有时候认真过度，把自己弄得很累，甚至把作者搞得也很恼火。就编诗集来说，我亲自编辑的集子，我要做五审五校，这差不多要耗时半年；除了漫长的周期，我还会对诗句的措辞和修辞吹毛求疵地指摘，的地得要分清，动名词得准确，形容词用多了我要删去几个，虚词更麻烦得跟修辞格搭配得符合形式逻辑……这么一套搞下来，确实有作者要跟我打架，尤其是诗人这样一个特殊物种，基本上每个人都自视甚高，推敲白了头发才搞出来一个新的修辞句法，被我如此这番质疑和动刀下药的，是可忍孰不可忍啊。不过我跟程林就诗集的编校反复会面，切磋了多次，我们和和气气地以诗的方法、在诗的路线上探讨诗，这令我感到非常愉悦，程林也觉得这么聊诗挺好。我甚至发现了自己还有一个优点，就诗歌编辑工作而言，一般的编辑是按照现代汉语的规范进行审校工作的，而不能深入到诗意的现场，无法理解、不能尊重诗歌对语言的破坏和重建，而我能把诗学的语言创造性运用和规范的现代汉语语法统筹兼顾起来，既尊重传统，又爱护新生。

要深入了解一个诗人，帮他编诗集是最好的途径。在沟通稿件的过程中，我们畅谈了很多话题。程林的视野相当开阔，对各学科的问题都有自己的一番认知，他保持了一个非常好的习惯，每周读一本书。这个节奏特别好，不快不慢，有足够的时间去深思和享受阅读的乐趣，也不至于因书废事。作为一个大型国有企业的办公室主任，工作是比较烦琐忙碌的，如此更见他坚持阅读、坚持写作的难得，更显其诗人本性。

程林的诗歌创作是有些传奇色彩的，这至少有以下几点：他在少年时期就名满全国，最高纪录一天收到 162 封读者来信，妻子也曾是他的读者；他曾是著名的的士诗人，开着出租满大街跑的时候，灵感忽然来了，他就把车停在路边，在乘客诧异的眼光下把诗句写在烟盒上面；他因为文学创作从司机转为宣传工作，几十年一路走来，成为所在集团唯一一个内部培养的公司领导，有重要象征意义——这事件本身就是一首诗了。

了解创作背景对理解文本有巨大的帮助，落实到诗集编选体例上，就比较有针对性。有效的分类，也为读者提供阅读导航。《纸上的时光》这部诗集是程林近十年来的诗歌作品精选，根据内容特色分为"上海地图""诗短情长""纸上时光""想象的果实""叙述和缺席的抒情"五部分，以及序言和附录的评论。之所以说是作品精选，从五部分内容的结构可以看出，"上海地图"是一组频繁转载、流传颇广、给作者带来重要声誉的作品，故而作为第一辑置于全书之首；"诗短情长"这部分所选作品，其内容基本集中于作者对外部世界的认知和表达，宏观、综合性明显；"纸上时光"则收录涉及家人、朋友、生活往事的私人体验，有浓重的记忆氛围；"想象的果实"是程林早年的一组现代主义作品，以咏物为主，着重于传达作者的诗风多样化；"叙述和缺席的抒情"所选作品着重于悲悯情怀，诗心柔软，诗眼温情，歌颂世界上的普通人、事。这五分结构从各个角度，立体化、系统化地再现了程林的诗学演变历程和创作实践成果，可以说是一部体例恰切、遴选精准、质量高稳，融叙事和抒情为一体、汇思考和议论于一身，既有各种内容又有诸般风格，虽薄而厚重，虽姿态朴素却意义深远的诗集。

三、诗学：关于城市诗和程林的创作

程林的诗学历程，我大体总结为三个阶段，而这三个阶段他均有显著的既有标签："校园诗人""的士诗人""城市诗人"，这是非常了不起的。一生能够有若干个不同的写作阶段，这是大诗人的基本特征之一；能在不同的写作阶段都脱颖而出、有为人称道的显著标志，更是大诗人的高阶特征。从世界范围来看，只有少数几个活到 80 岁的大诗人才完成了这样的三次蜕变和飞跃。程林在中年时代就已经有了这样的表征，实在是不能不称道的。

从汉语新诗的发展史来看，校园诗是 1990 年代的一股席卷全国的风潮。实际上这股风潮在更早的 80 年代就吹遍了全国，只不过从诗歌史的角度来说，80 年代有更辉煌的成就，而 90 年代，新诗的大规模写作运动已经式微，莽汉、撒娇、他们和非非包括上海的"城市诗社"等陆续散了伙，都跑到商业的大海里冲浪去了。其主体是一拨生于 1960 年代的诗人，而 1970 年代出生的诗人们此刻还在高中和大学读书，还在梦呓、打架和酗酒中憧憬着伟大的诗歌梦想。所以整个 90 年代，校园诗是一道大风景，案例之一是汪国真的崛起。

的士诗人，这个称谓大约可以视为与工人诗人、农民诗人、钢铁诗人、铁路诗人等平行的一种对诗人进行行业划分的历史习惯。诗人们抱着为人民服务的崇高理想，把笔作为生产工具，投身到火热的劳动和革命中去，把务虚的诗改造成为务实的歌。但 21 世纪以来，由于诗歌的式微和诗人在社会生活中的边缘化，行业诗人们的写作陷入了没有奔头的尴尬局面。与之相对的，是互联网时代的莅临，诗的门槛大幅降低，各种莫名其妙的诗在网络上病毒一般传播，诗人们的无意识狂欢模糊了流派、组织和文学风格。这是全新的文学景象。在新的语境下，各种嘈杂的传统逐渐失效，对于纯粹文学气质的诗歌的呼唤逐渐清晰。

什么是真正的诗？这是个元问题，并且是必将贯穿诗史的终极问题。每个诗人都在思考这个问题，尝试用诗句来回答这个问题。我试图描述其一二：真正的诗应该有自身独特的文学气质，在语言上有高妙造诣，也就是说它应该是文学范畴的，而不是其他任何范畴的；真正的诗应该叙说一种真理，或是对真理的追求，也就是说它可以是涉及哲学、历史、经济、艺术、日常生活等多方面的，而不必是局限于纯诗的；真正的诗应该是时代并肩同行、互为动力，而不仅仅是时代的镜像，甚至不仅仅是对未来的预言，诗歌无须创造一个新世界，也无须指导一个世界的建设，更无须听命于某个世界。

假如以上描述有一定的合理性，那么，我相信，在新诗的历史长河里，城市诗将会拥有极为重要的地位。城市诗的题材正是与我们的时代关系最为密切、最为纠缠的一种，在现代汉语语境中处理诗歌与时代的关系是城市诗的天然使命，正在形成全新的汉语诗歌美学。我不知道城市诗会不会成为新诗的一座高原，但我知道，城市诗肯定是新诗的一道坎儿。新诗迈不过城市诗的这一道坎，就不会生长出高原上的山峰。生活在城市中的诗人，写不出好的城市诗，是不是有点说不过去呢？无论是态度，还是能力；无论是取向，还是根基。

新诗中的城市诗大约是源于李金发，他一身的后现代主义气息，为汉语城市诗提供了一个样本。这样叙述是基于一个前提：汉语新诗与西方现代诗纠结的关系。更考虑到古代有张俞这样进城的诗人和宋之问这样的宫廷诗人也写出了一些貌似城市诗的诗，所以如何定义新诗中的城市诗就成了一个很棘手的问题。

我与程林探讨过什么是城市诗。他的大意是，城市诗要取材于城市生活，描述城市意象。我觉得这是非常经典的定义。但是我总觉得这样描述缺了点什么。有一天晚上我专门打电话给古冈，询问他对城市诗的理解。古冈认为城市诗应有一种城市精神，对城市生活有批判性阐释，他举例波德莱尔的《恶之花》和艾略特的《荒原》。古冈的观点观照了现代主义以来的基本诗学路线，强调对人性异化的批判。这恰恰是新诗与时代的关系之一。但我觉得这种对立的关系略显痛苦，还不够开朗。

程林对城市诗的思考也是不断反思不断深化的。忘了是第几次和程林聊城市诗，他说起了打工诗歌，大意是打工诗歌现在被人认为是城市诗，这是不妥切的，应该把两者区分开来。打工诗歌和城市诗的相同点是取材基本一致，但其分野在于创作主体不同。打工诗人抒发游离于城市生活的状态的爱恨情仇，城市诗人则记录日常生活的点点滴滴。前者因反思而悲愤，后者因反思而积极。打工诗歌尚未突破"遍身罗绮者，不是养蚕人"的思想和情感框架，城市诗歌则有了"我们总要找一个地方／停靠／一个城市也一样"的开阔和纵深。从程林的城市诗创作实践来看，他基本上是经历了一个从过客到主人的演变过程。但最终，他还是成了城市的主人。所以他写的城市诗就有了平和建设的特质。

从城市的过客转变为城市的主人，这一过程固然有难度，但诗人的心灵归属地要从农业社会过渡到工业社会，这个背后的文化转变更为困难。程林有首《菊》，开头三句是新诗的修辞，"我不喝酒／但我写诗，秋天的心脏／菊，我远道而来的故人"，非常棒；结尾二句就有点回到古典趣味了："但菊一样要站在枝头／面对全部的风暴和意外"。我则有句"我在哪里／哪里就是桃花源"写当代都市生活。我举这两个例子，不是判断好与坏，而是说明我们的伟大传统是多么难以突破，或者说我们是多么不舍得放弃。从整体上来说，汉语诗人仍然面临着这样一个困境，即如何从汉语这样一种优雅精深的农业文明语言跳转为另一种优雅精深的工业文明语言乃至后工业文明语言，用新的语言、新的情趣来创作新的诗歌。

这正是城市诗的使命。新的语言应该最先从诗歌中诞生，当前最大的可能，是首先从城市诗中诞生。所以，可以这样宏观地描述性定义：一首好的城市诗，取材于城市生活，描述城市意象；蕴含批判性的城市精神，饱含建设城市的朴素心态；有创新的诗歌语言，良好地处理了古典汉语和西方语言的关系。

大约很多人都写过城市诗，但正儿八经地把城市诗当作大事来办、把城市诗当作美学取向的诗人还是不多的。从大局来看，更多的诗人来写城市诗甚至专门写城市诗是一件好事。上海这个城市近百年来就陆陆续续有一大批诗人在创作城市诗，远的有李金发和市民文学，鸳鸯蝴蝶派也可以算进来，略近的有工人诗歌、20世纪80年代的城市诗社，最近的有新城市、城市诗人等。程林是聪明的，也是好运的，他已经成为"新世纪城市诗"这第三波城市诗创作的代表诗人，站在一个有效的巨肩上面，就有了更开阔的视野，承担更大的使命，容易有更大的成就。

程林能从校园诗和行业诗中脱颖而出，进入城市诗，也恰恰证明了他的才华和智慧。但这种转变本身，才是真正让我赞叹的。我甚至感受到了一个诗人与时代赛跑的脚步声，他快速冲向前方，身后的道路轰然坍塌。我为他惊出一身冷汗。如果说校园诗是属于荷尔蒙范畴的，行业诗是属于革命运动范畴的，那么，城市诗则是属于文学范畴的，是拥有诗学意义的。我感到，程林成了城市诗人之后，他才是真正地把另一只脚也踏进了文学和诗歌的殿堂。

程林的城市诗已经写了十余年，"到这里来的人都不是来喝酒的"，先声夺人，一组《上海地图》持续发酵，让他声名鹊起，这组诗并没有完结，将会继续写下去。程林在城市诗创作上持续前进、有所突破、有所建树——这十分值得期待。就像古典诗学不会否定山水田园诗，新诗美学是不会否定城市诗的。我也期望着这个对仗句下半句的成立：就像古典诗歌不会否定陶渊明一样，新诗也不会否定程林。

四、一代："70后"诗的梳理

程林生于1970年代，这拨诗人有个笼统的称呼："70后"。跟"60后""80后"一样，这也是个很奇怪却又很流行的命名。《纸上的时光》是我编辑出版的第一部"70后"诗人的诗集，所以我难免想了想"70后"的事。

早在十几年前，一帮"80后"愣头小伙子刚出道的时候，我就经常听到一种说法，说是"70后一代完全被80后遮蔽了"。这世界上没什么对与错，对于这样的论调，只有从时效性上来评价。这样的时效性只有三两年的判断句，一个认真的编辑是不能说的，估计那些从毛头小子混成了大诗人和严肃批评家的"80后"老兄弟也不会说吧。

但现象是确切的，这一代人自1990年前后出道至今25年，浮出水面、为人称道的诗人不是很多，广为传诵的作品也不是很多。不多，是跟"60后"比，很少，跟"80后"比，也有点少。这是为什么呢？

这里面大约有很多问题，亟待梳理。比如个人姿态，比如时代因素，比如诗学特征，等等。就个人姿态而言，例如程林，就是个特别低调的诗人。其实他完全有资格有实力高调一些，哪怕是不为自己，只为同时代的诗人正名。铁舞说程林是"'70后'代表诗人中还处于圈子之外的"，这话颇可深究。其他如诗学特征和时代因素等，本文不再赘述。前不久在武汉和《江汉学术》执行主编、诗歌评论家刘洁岷喝酒，他也提到要梳理"70后"诗人及其作品。很迫切，但工作量太大，人少了根本无法着手。刘洁岷是搞评论的，他也认为难度大，我哈哈一笑，我也只是想想而已。

但这总归是一个需要干的事情。该谁干谁干吧。

2013. 10. 3—2014. 6. 5 上海

《当代诗坛观察》发刊词

　　诗歌正在经历着这样的奇异处境：一方面，当下多如牛毛的选本持续不断地问世，却没有多少能带给我们阅读上的震惊和满足；另一方面，诗歌相对于其他文体的边缘化状态使诗人显得更为落寞和缺少知音，却正有更多的人投入到隐秘的写作中来。

　　诗歌从来不是小小的孤独练习，它一直在向广阔的生活敞开，向内在的秩序靠拢。优秀的诗歌一直在生命与历史的展开过程中涌现，缺少的是需要我们自己来练就的眼光。毋庸置疑，当代汉语诗人已经创作出了无数的优秀篇章，它们静静地躺在某个角落等待我们去发现。

　　于是，有了《当代诗坛观察》。它立足于第三方，试图以中立、独立的视角审视和记录当代诗歌界的变迁和创作成就，力求办成一部有公信力、影响力、成就感和价值感的诗歌出版物。本刊计划每年正式出版一卷纸刊，每月发布一期以"诗选"为主的电子刊。

　　刊物将本着旁观的冷静，以开阔的视野、准确的感受力和包容的判断力去体察整个汉语的处境，勘探分裂的诗人群体、风格写作的沟壑，融汇传统汉语与西方语言的诸多资源，弥合被"十年命名法"割裂的数代人，从而厘清汉语诗歌气候，彰显汉语诗歌的精神价值。

个体的写作常常是自由的，观察和遴选则时常存在诸多的束缚。但我们努力做到最好，并且，就从现在做起。

2013.2 上海

《李日月和他的朋友们》后记

去年我过了一次三十岁生日。我一般不过生日，算来上一次过生日是十年前的事了。今年还想过。理由还是三十岁，周岁。三十岁，这个年龄在中国男人的生命中有着特殊的意义。就是因为孔子说过"三十而立"这句似是而非饱含歧义的话。于我而言，无非是又找到了一个把兄弟们凑到一起喝酒的大好理由。不过我脑锋一转，想过得好玩一点。兄弟们别送有形礼物了，送首诗给我吧，咱们不都是诗人嘛。然后我再印本书出来，兄弟们每人收藏一本。纸张选好一点，放在书架上几十年也不会坏掉。这不就等于一个生日持续了很久嘛，以后再喊兄弟们喝酒可以想别的理由了。懒人也风雅。于是放话出去，今年过节不收礼，收礼只收押韵诗。

这个世界上几乎所有的事，都由表象和本质构成。收生日诗这件事也不例外。表面上看是过一次风雅的生日，其实内里是一种自我认知的回归。我终于还是在内心深处彻头彻尾地承认自己是个诗人了，诗人就是我一生的身份，诗歌就是我一生中最值得奉献一切力量和生命的事业。

大约12岁时，我开始写诗。最初是一个少年人的游戏吧，不过很快我就陷入痴迷和疯狂的地步，从此是二十年如一日，不曾中断。哪怕是笔停了几天，脑子里面还是诗，心里还是诗意。这个漫长的写诗历程，贯穿了我的少年时代和青年时代。这期间有很多小故事，没有什么新鲜的表征，诗人都这样吧。只是，这些年所交往的朋友们难免受到影响和刺激。正常的人是要受到非正常人的突兀的、不适的挑战。在我 30 岁这一年，我对此感到一些歉意。

当我年少的时候，内心狂傲得一塌糊涂。写诗不过雕虫技耳，我还要到其他领域里搞出点更大的动静来。大约在 2001 年，也就是我 20 岁前后，我突然陷入了虚无——当然肯定不是突然，只是个中缘由一言难尽，在此不做赘述——这随后的 10 年时间，我将称之为"劫后余生"，这是我的整个青年时代。在此期间我以虚无主义为指导思想，在商场转悠了几圈。做过很多行业，干过很多工种，打了很多牌，喝了很多酒。每每我会突然失笑，这么荒唐的事，我在做什么。如此只是自嘲一下还好，更多的时候我还能付诸行动，我会躲在家里写诗或发呆，不去见客户，或者跟人家天南海北闲扯就是不谈生意。赚钱了没有成就感，赔钱了没有失败感。麻木得厉害。而一首小诗却可以让我陶醉很久。我时刻心存逃离的冲动。袁宏道和袁子才在他们短暂的职场生涯中，成绩还算可以。我不比他们差，仍打算自称失败者。但这一切并不能说明什么，内心深处的迷茫和痛苦，是功业所无法填补和抚慰的。要搞大动静的少年激情，在青年时代虚无的情怀里面已烟消云散，而多年维持这些生意的因素仅仅是亲情和爱情，而这些都将不复存在，我已经为他们努力过了。我的余生将由另一套价值体系来决定。我 15 岁就构思的一部可能是哲学的作品，到现在一个字还没有写；19 岁构思的一部可能是史诗的作品，到现在一个句子还没有写；25 岁想写一部诗歌修辞学的书，到现在还没有动笔。我已经看得见自己的尽头了，在我的蜡烛被风彻底吹灭之前，我想把这些书写完。修辞学可以不写，但那个长诗和哲学作品是一定要写的。我曾经虚无到连诗也不想写，句子逼到嘴边了也不想写，而如今我已不再虚无，我想把我曾经混乱的内在感受和复杂的外部感知表达出来。不管它们写出来是什么样子的——当然它们会极其辉煌和独特——总之是我想写的。而我将获得成就感——这种成就感主要的构成元素是自我认知，而不是文人普遍的渴望成名的毛病，我觉得名气没有也好，有的话有一点点就好，有几个朋友在有些时候能想起自己就可以了，不用天下人人皆知——这些作品将远远超过我做生意的价值。感谢它们给了我生命和第二次生命，我要用来做最有价值的事情。写首好诗，写本好书，就是我能做的最有价值的事了。还有什么礼物能比一部著作献给他们——主要还是自己——更好呢？这也许会是我的第三次生命。

我这一年琢磨来琢磨去，我的下半生到底要怎么样度过？看书，写作。想都不用想，我最愿意做的就是这两件事。认真想一想，于我而言，最值得做的也是这两件事。从此就坦白承认、真诚面对和欣然追随了自己的内心，把生活重心从经济建设转移到读书写作上来吧。尽管我以一个失败的商人身份抽身而出——尽管现在就判定自己失败还为时过早，但我已经无意为追求这份商业成功而多浪费一丁点时间——还有哪一种生活能比追随自己的内心愿望更美妙更有意义呢？那么，我会不会饿死？不会——饿死拉倒。我会不会沦落到靠朋友接济的境地？不会。会不会去行乞呢？不会，就算会也将是件好玩的事。我就扛个才子的红旗，坐在广场上，脚边放个紫金钵，手里翻着自己刚出的诗集。

必须承认我十年的商业历练所获得的沉重和世俗远远无法抵消

我内心诗意的迂腐和单纯。自由的代价是什么？一个人能在追求理想的路上走多远？

再想想，还有什么是放不下的？是对功名利禄的眷恋还是对花前月下的流连？是对过去的情绪回忆还是对未来的恐惧预知？我想写的那些文字，既无眷恋亦无流连，而回忆和预言都在将字里行间弥漫，那些书一写完——当然不会那么快，也许要半个世纪——我就形神俱散，与诸君永辞了。

既如此，又何必执诗人之相呢？又何必累时空之苦呢？

一切都将自在存在。

我也送自己一首诗：

半生沉浮皆由才，小溪从此无大海。

我身与心何所在？乐道园里安贫斋。

2012 年 7 月 19 日

本文原题《劫后余生话感恩》，收录于《李日月和他的朋友们》。

《钝》刊首语

掐指一算，吓人一跳，我写诗已十五年，早就是诗歌油条了。想当年，为了写诗，我们没事折腾自己玩儿。经过了十年生活的磨砺，我绝对深刻体验了世俗生活对诗歌的扼杀。一般来说，到现在应该写不出诗来了。可很多时候还是有写作的冲动。这个冲动背后的理智是，我知道，想写诗，还是得离日常生活远点。或者说，离日常秩序远点。看人家佛可以日常，因为那佛包容一切，善恶同视。

而诗的本质是干净。

诗拒绝纷扰，诗拒绝丑恶。

诗甚至不能成为工具。

诗必须褪去一切外衣、花冠和封号，洗个冷水澡，回到它的本原。

这样我们才真的面对了诗。

腊月三十，我一个人待在上海的寓所，编辑《钝》诗刊。一晚上排了 96 页，写了三个半篇文章，两个半首诗，还抽空吃了两顿饭，喝了半斤太雕酒。我听着窗外的鞭炮声和众人的喧闹，一个人锁在屋子里面寂静地写作。这对比，再次说明了平静的坚持对诗人而言意味着什么。

我写作和编这本诗歌刊物就是这样一个姿态。

我喜欢，我平静，我坚持。

梁健是方石英的师傅。梁健英年早逝，我们要纪念他。除了他是我们的师傅，除了他对我们的教导，除了他给我们的题词，更重要的是他对当代诗歌的启发。梁健是一个淡泊名利的人，这个淡泊不是掺有任何虚假成分的淡泊，不是刻意拿捏的姿态，而是一个内心丰富的人对外部世界的宽容。我们不谈学习梁健做这样的人，我们只说他的淡泊对一个诗人而言，为他的诗歌语言的纯净做出了直接的评判，从而对后者形成了启迪。梁健外号当代济公，这是对他人品的高度评价。

2008 年我编辑《钝》诗刊时在网络上搜索"90 后"的诗歌作品，想发现点惊喜，结果告诉我要耐心等待。两年过去了，真正优秀的新诗人逐渐浮出了水面，尽管仍需要修炼，但其中已经有黄金的品质在闪耀，也不乏才华横溢者。这期选的蓝冰丫头、宋钦焉就是其中的佼佼者，也分别是不同写作方向的代表。1990 年出生的诗人今年已经 20 岁了，多数要进入大学，而大学绝对是写诗的好地方，青春无限好，天天要写诗。《钝》诗刊将持续关注新一代诗人的创作，期待他们为汉语诗歌捧出更优秀的篇章。

这期对诗歌批评的问题仅仅做了些简单的随意的涉及，当代优秀青年批评家陶林写的一篇李明诗歌批评和一篇诗歌理论作品，还有几篇我本人用大白话写的一些简短的诗话，这几篇文章确实难以体现我的表达意图。本来做了个《桃李对话录》，对诗歌批评问题做个系统的梳理，但由于时间的原因，未整理齐全，要放到下期了。

但关于诗歌批评的问题，我们开了个头。

2010. 2. 13 上海

原题为《诗的本质是干净》，刊于《钝》2010 年春季号"刊首语"，收录本书时有删节。

《钝》第五版编辑手记

还有什么可以坚持

　　一不留神快 30 岁了，好奇怪，怎么活了那么久呢？这些年都干了什么呢？仔细想来，不仅是一身冷汗：除了妥协，我还干过别的吗？好像除了写诗——写诗也是一个改良和缓冲的渠道，也是妥协——还真没别的事情延续了那么长时间。其间甚至有时候把诗意埋在意识里而拒不写出，还是有很多时候控制不住形成了文字。表达已是一种生命的流露，不写诗就要死人。大浪淘沙，票友们已被时间清洗出了本来的面目，少数真诚的诗人也以自己的沉默向诗歌坦白了相伴一生的信念——也许不能说是信念，是自身情感的热爱，也是生命的安排——生命命令我们歌唱！诗句就这样在自身的斗争中汩汩流出了，也将继续涌现。如果写诗这个动作是一个条件反射，那么，在诗句中批判则是生命自身的惯性，而赞美就是倒行逆施。批判不是姿态，更不是策略，就是这样一个德行。就这样了，如果不这样，那就不对了，就不是我们了，是你，是他，或是自己的鬼了。

四年磨一钝

2004 年夏末的一个夜晚，我和梅花落喝酒喝出了钝的灵感，辛酉、石头、然墨、天岚等朋友的加入使得佳话渐成。蒙默默老师大力支持，在撒娇诗院开了钝一代诗学研讨会，后《撒娇》又出了本《钝一代专号》。在上海结识了很多的朋友，大家在一起玩得很开心。为了纪念这份友谊，早在 2004 年年底，在我离开上海到郑州之后不久就编辑了《钝》诗刊，我这个人有个毛病，就是三分钟热度，编好后蓦然觉得无趣，就把电子文档束之高阁了，没有印刷。后来又起了兴致，就又编了一个版本，又是忽然觉得没趣，编了一半扔那了。如此折腾了 4 年，编了 4 次，扔了 4 次。第三次是没钱印，第四次是电脑丢了。做人本是要随心所欲，怎么开心怎么整。不过让我羞愧的是，默默老师在 2006 年的时候印了专号，其时距我离开上海已有 2 年余，其他几个钝友也都各奔东西。俗话说，人走茶凉，老师对我们不离不弃，爱惜栽培之恩情，几年来唯默记在心。古大哥百忙之中为本刊写下序言，又字斟句酌修改多次，治学态度令我深为佩服。还有杨宏声老师，他在 2006 年为我第三次编辑《钝》所写的理论文字，超乎了我对钝的理解，拔高了钝的境界，成为钝诸位同人的明灯。

这是我第五次编辑《钝》诗刊了。有点不好意思。直接原因是我的电脑丢了。诗稿在朋友处多有散存，其他东西如诗话评论随笔照片等，特别是历次编辑的诗刊则再也找不回来了。重新编辑，必须马上印刷，电子的东西还是不如古老的纸张保存得长久。幸有西屿兄，踏实赶活，督促鼓励，使我持续热了 3 个月，终有此刊。一本刊物编了 4 年，时值 2008 年，很容易让人想到奥林匹克，那是更高更快，咱这是更深更慢，所谓钝，就是要慢慢搞吧，聊以自嘲。

扩建钝诗学

4 年前，兄弟们多数都在 20 岁出头，正是狂热的青春。时过境迁，物是人非，如今，毛头小子们多已成家立业，逐渐做了经济社会的栋梁，青涩的姑娘们也出落成了家庭领导者或是快马加鞭地奔向美容院，曾经的先锋战士如今已经成为没落的经典或僵化的权威，创造的心态已经疲软，哪怕是折腾的激情也已经被诗歌审美的疲劳所笼罩。大时代的格调并没有什么剧烈的改变，无非是深化了一些。但无论如何，年届三十的兄弟们的所思所言所行，已大异于当年，再重复一个老调子，就没了意义，也没了趣味。世界是发展的，诗学也要前进。不久前见到杨四平老师，他说还是要继续思索和深入挖掘钝诗学的新内涵。这也正是我这几年脑子里所琢磨的一些碎片。不谈则罢，谈则要扩建钝诗学，建立新阶段的钝的美学内涵。如刚才所说，年龄的增长，导致青春的锐气都迅猛地被生活钝化了——这也许是钝诗学的新的外延之一。从曾主动地节制才华，到现在被动地脱离，这是钝一代人的悲剧的宿命。当年钝的话语，如今只有向 20 岁的小孩子讲才合适。可以一代一代地延续，具有时间上的普适性，是理性的诗学的存在意义，也是其生命力之所在。但现在，我们要思索的是，如何发展我们的钝诗学。

编刊物很好玩

我本身是学出版的，在大学时曾一夜编好一本杂志。选编审排校印发，一条龙的工作我可以一个人干完，除了设计是业余，其他都可以对付。在出版圈子里浅尝辄止，便转移到了润滑油的世界。常常手痒，自己编点东西扔那儿。

编刊物是个很有意思的事情。我很享受编诗刊的过程。像细心照料自己的孩子，辛苦却有甜蜜感。编刊比写作好的地方在于，写作基本上是个思想过程和情绪过程，虚幻，不可捉摸，而编好一本刊物却是实实在在、可摸可感的，如果是印刷媒介再选用高档纯植物浆纸，那种质感，轻轻抚上去，宛如人之肌肤，成就感截然不同。

诗歌是一种生活方式，也是一种生命形式。最近动笔甚少，乃有死亡之感。前几日偶尔写了几句打油诗，漠然觉得所有的皮下细胞都活跃了起来，血液也开始流动起来了，一种灵动的韵律在我体内和周身奔涌。我又活了。仅仅是几句打油诗，我煞是兴奋了几天。而我做了一单大生意却没什么感觉。莫非是宿命？

人生在世，名利二字。谁都免不了俗，除非不在世。功名利禄有了未必是好事，没有也未必不是好事，健康、平安、友谊这些元素如果没有的话，那肯定不是好事。而我尤以友谊为重。我喜欢与朋友相处。我交朋友属于慢热型，最看重朋友的人品和情趣，诗歌文本的好坏倒是其次。我喜欢和有趣的人交往，奇怪的是我本身却是个没趣的人。所以多偏向于精神世界的交流，所谓以诗会友，话语是多余的，这也弥补了我不善言辞的不足。

做本诗刊，可以说是照顾了我写诗、编书和交友三大癖好。印刷花费不菲，以我微薄之收入，倒也省去了许多吃喝。得百益而避千害，诚可以大干也哉。我很高兴的是，在本刊的编辑过程中，得到了很多朋友的大力协助。名字不一一列举。

2008.12.18 郑州

本文原题《第五版编辑手记》，刊发于《钝》2004—2008 纪念号/创刊号。

第五辑

远山之色

警惕内在学者

因为人生的诸般际遇，我在35岁高龄再次进入大学读书。和比自己小十几岁的同学们一起睡在宿舍里、一起坐在教室里，讲台上站着的多是和自己基本同龄的哥们、嫂子或妹妹，此情此景倍感荒诞。

首先来反省一下自己对学院的立场和态度。

当年策划"星丛诗系"时，曾浪漫地提出了要"弥合民间、学院和官方的裂隙"，出书之事本身是干成了，但和其他一切的努力一样，都是成功而无效的。这三者之间天然存在着深刻的、巨大的鸿沟，它们都回避不了其身份属性成立的条件。如果说学院是个中间地带，那么其纽带作用的发挥仍然受制于其自身属性。

学院派掌握了诗歌的阐释权，尤其是教材的编写权——十年前辛酉跟我叨叨过这句话，我以为学院只是趣味之一种，上述效用起于代际差且不停地被刷新——几乎是把控了诗歌流传后世可能性的入口。在官方诗人掌握的发表平台不断被互联网边缘化的时代，学院派仍有此特权。这种话语权的强大，使得江湖诗人手握顶尖文本和物质财富而只能自娱自乐，便有一部分江湖诗人卑躬屈膝谄媚无比。权力的傲慢、财富的傲慢都搞不过知识的傲慢，再加上高等教育的普及，年轻一代诗人多数出于学院，年龄虽小学者派头十足。

我心中的江湖气肇始于两位老乡——老子和庄子。我们仨的老家构成了一个边长几十公里的三角形。我和他们一样，随时想骑牛而去，或是驾鹏而飞。问题在于，写诗是一件场景化的事儿，即使是神谕和梦得，也是场景的一种。可以说，写诗是一件可以追求的事。换言之，把诗写得更好，存在着若干条可能的路径；也就是说，其实还是跑不掉，飞不走。这大约是写诗几十年的诗人不断追求自我突破的合法性和悖论性之所在。

要写出更好的诗，读点书、读点好书是节点之一；深入了解多种方法论，也是作战的必要。进入大学，读书在技术上多出来了一些可操作性——读书和大学存在一定程度的重叠。

必须提醒和警告自己，要警惕自己内在的迂气，要好好读书但不要把读书弄成做学者，不要入学术界的彀中。再化一个经典句式，如是我说：当代诗既要警惕口水化，又要防止学术化，但主要是防止学术化。无论读书读到什么时候什么程度，都要坚持一条核心原则：坚决不做批评家，除作业外坚决不写诗歌评论，特殊情况下连诗人也不要做了。

沟通天地靠灵性（神谕），解决人的问题主要靠悟性（自律）。要警惕一小撮恃才傲物和恃学傲人的人，不要跟在人家后面批评作家没文化，批评诗人不懂语法，连吐槽老百姓不读书也是不行的。不仅如此，我决定以后都不分辨真诗人和假诗人了。这和在大街上给乞丐舍钱是一个道理，你乐意给点就给点，何必先研究一下人家是真是假。

大海不择细流，缘分既来莫拒，施之日，舍之月，取之乐，得之和。愿充实地虚度此三年。

2016.9.3昆明，鼎鑫公寓

大雷小雨记

2012 年 12 月 28 日，在微博上看到王小龙新作，按老王自己的说法是"练笔"，一个写了一辈子诗歌的老诗人还在认真写作，用力写作，遣词造句都花费了巨大的心思，很感慨。决心认真写一首诗，反复修改，来一次庞大的练笔。

恰逢年末，传统的总结规划时间，不如就写年终总结和年度规划的诗吧。过去的一年也没什么好说的，无非是时间流逝，新的一年还能做点什么，我打算从零开始，学习写诗。这么一想，心里面就有了一些比喻的句子。这切题的破局，自然是说将过去的一年，是为废帝之喻。而新的一年，款款将至，又是一个什么样的状态？我想到了一个惊艳的喻体——少女，面对新的世界时的惶恐和期待的复杂神态。窃以为，警惕之形容词尤为传神。

本诗之初稿，其实就四句，第一段的三句和第二段的第一句。这是灵感涌现的时刻，刚信誓旦旦地要效仿王小龙以认真的态度来写诗，下意识地用劲儿，算是有了个不错的开题。可惜写诗的地点是在郑坤的办公室，那几天哥几个斗地主斗得热火朝天，我刚写下这几句，建雄来了，喊我开场。第一稿写到这里就算断了。我很惭愧，写诗将近 20 年，把诗看得比命都重要，却抵挡不住打牌的诱惑。我开始怀疑我对诗歌的忠诚。

第二稿还是在郑坤的办公室，是 30 日的下午。那一段时间天天往他那里跑，去制作手工线装的《上海青年诗人新作选》。忙乎了一上午，穿线穿完了建雄还没到，吃完午饭发了会呆，就打开电脑继续写诗。

当时是午后犯困的时段，迷迷糊糊的，脑子里什么也没有。点燃一根香烟，深深吸一口，看了一遍昨天写的几句开头，就硬写了下去。

明明没有感觉，因为想写诗，却也写得出句子。这是一个什么样的驱动机制？技巧？经验？学识？还是乱搞？我很担忧这样的诗歌的诗意源头。

大约从 2005 年以来，我写诗基本不需要灵感了，换言之，我是在没有灵感的状态下写诗。陶林曾说我是一个灵感型诗人，如果他说得有道理，就大约是说的我在 2005 年之前的作品。我对在没有心灵感受的情况下写出来的诗句抱有怀疑，我很担心我写出来的诗变成了说教，或者是玩弄修辞技巧，所以这些年我刻意地限制自己少写。我做了个统计，从 2004 年 9 月到 2012 年 12 月的 8 年多时间里，我只写了 1300 行诗，总 44 首，其中有 2 首小长诗计有 350 行，7 首古诗。平均每年也就写 5 首，数量不可谓不少——实际上这仍然远远超出了我当初给自己定的指标，我 2005 年时曾立规矩限制自己每年写一首诗。

尽管没有了才华横溢如泉涌的灵感句子，我还是写了诗篇的。我曾忧心忡忡地对厄土说，我发现自己现在写的诗没有了修辞，全是祈使句，每一句都是格言，貌似我是一个把诗歌当作哲学工具的思想家。巧合的是，厄土当时在酒桌上正处于悲愤状态，对格言体句子极其敏感，"未来是一个大大的圈套"这句他听到后竟然激赏，还作为李氏名句发在了微博上。

这句诗就是第二稿里面的。全诗的后半部分都是那个昏昏的下午写的。没有一个修辞，全是"是"字句。看起来感觉是在阐述人生体验。不过这个版本没有保留，只能大约地回忆。

胡桑在临去德国访学之前，我们几个兄弟为他摆了送行酒，在此酒宴的前一天，我专门跑到胡桑家里跟他聊了一个下午。一来是将有长期难聚，必须絮叨话别；二来是我想去看看他的藏书，从他的阅读结构来分析他的诗歌渊源。博士果然博学，我们胡乱感慨完了然后找个小馆子吃饭喝酒，我请胡桑谈谈对我的诗的看法，这是我们认识几年来第一次认真慎重地谈诗。聊了很多，很入巷，我甚至拿起空空的茶壶问服务员："有诗吗?"胡桑认为我的诗比较成熟，很难挑出什么修辞上的毛病，但有两点——也是我比较认可的——一是起句调子太高，节奏感太强烈，开始就是高潮，中间还是高潮，结尾仍是高潮；诗句的行进节奏比较快，句子间跳跃太厉害，没有递进的过程。这不能说是什么问题，应该说是特色，但从阅读感受来说，比较累，从写作角度来说，也比较吃力。若节奏舒缓起伏有致可能会好很多。二是意象选择上荷尔蒙意象比较多。我对胡桑说第一条属于我的思维方式范畴的问题，虽然也有不少舒缓平和冲淡的作品，但多数诗歌还是快节奏的，是源于我的思维速度很快，跳跃太多。金楠在 2004 年曾撰文谈到了我的节奏和语速，她对此持欣赏态度，并且说"结构并不显不足"。第二条我没有辩解，该改，无论是从文本风格的净化，还是日常生活的演变，这类意象都可以弱化至若有若无。

我和厄土喝酒是在 30 日晚上，厄土那天心情不佳，创业中有诸多感慨。由于本人有创业体会及失败经验，对于厄土所言诸事均有预先知晓之味，侧耳倾听，间或婉言相劝，故而厄土略有所慰。我是打算晚上回去再改一稿，零点要发到微博上，新年献诗嘛，总归是要赶这个点的。不过厄土意欲留我相陪，又喊来茱萸一起斗地主，我便没有坚持回去。此时我没有怀疑我对诗歌的忠诚，不是因为有牌可以打，而是兄弟需要我，比诗歌更需要我。

　　我们三人斗了通宵，一早去喝了碗羊肉汤，他俩回去睡觉，我热气腾腾地赶回莘庄，想好好睡一觉再次修订本诗。不过还没睡醒，就被电话吵醒了，我十年未见的大学同学陈林从广东来上海玩，晚上到，必须要聚聚。刚想倒头接着睡，郑坤电话又来了，说下午去看小梁刚满月的女儿，一起吃年夜饭，几个兄弟都约好了就等我了。好吧，我只有午饭后 1 个小时的时间改诗了。时间紧张，不能做全面处理，只能局部动刀。充分自觉地认识到自己现在写诗老是讲道理没有诗意修辞这一问题，我在这个年末的午后修改的时候，加了几个比喻，如同跛脚的驴子，做梦的门票——修辞是有了，可惜很没才华。然后就出门了。赶了两场酒局回到莘庄，已经是后半夜 2 点多了。酒喝得头晕，又困得厉害，真想蒙头酣睡。还是坚持再改一次吧。由于写作断断续续、修改多次的原因，我估摸着可能会有前后语境和风格的冲突问题，想在发出之前再整体上调整一下部分措辞。干了一个小时的样子，实在挺不住了，便草草发了微博，倒头大睡去了。

　　在三稿定稿的时候，我对修辞做了一个朴素的处理。我想，既然打算从头开始学习写诗，明喻是不好故意规避掉的，这种笨笨的介词是一个基础和开端，还是老老实实地、脚踏实地地写吧。所以我把所有比喻都使用了"像""如""是"等字眼，也稍微做了些变化，如"就像""如同"等。笨拙不可怕，傻乎乎的修辞能用好了，仍然是好诗。耕耘多年的老诗人很强调拙笔的价值，在修辞环节上老实一点，不也是拙笔的一种吗？我还想着，什么时候要把排比这个万人嫌弃的修辞格好好来用用。

还有一个地方有必要交代一下，第二段末句我临时加了个语气助词：呀。呀、哎呀、哎呀呀，我喜欢用在讲道理的格言体的句子的里面，进行中和，形成语境的反差，借此弱化说教感，并以反讽来提高张力。实际上这句"未来是个大大的圈套"之"大大的"本身已经很口语化、很戏谑了，再加个呀其实是贴了我的个人标签。不过这成了茱萸批我的口实。

差不多这样，就形成了本诗第一次发表时的版本。

第三稿在元月中旬还有一个群聊，记录已佚。后来又修改了几次方定稿，过程亦佚。本文未能完成。

2013.1.29 上海

"李日月"诞生记

　　少年时代树立了成为一个创造性诗人和新诗百年集大成的诗人的理想，埋头写诗十来年，成为一个在非诗领域的著名白痴；近年来疏于写诗，每年只写一首，基本处于停笔状态，实在是在思考一个问题：我到底有没有成为一个伟大诗人的资质？万一我资质平平，却梦想太大，把自己逼惨了不说，到老死才发现自己是小姐的心丫鬟的命，还不如在年轻的时候就老老实实去做生意，结婚生子过得正常一点，还能在市井生活中早晚各骄傲一次。

　　思考了十年，逐渐发现了几个问题，资质倒不算平平，天才却难持久。我愤怒地开始研究语言学和修辞学。不过，这么一来还是诗人吗？本来写诗的资质就没站在金字塔尖上，现在又把有限的才华拿出一部分来研究语言，哪有工夫去写诗啊。新诗的核心问题是自由，自由得无限度，无写作规则，亦无评价标准，人自身有劣根，其实是消受不了自由的。所以我们看到无数的诗人发疯了。我这么疯狂追求诗艺的无限进步，实在是无方向的膨胀，裂变的结果就是爆炸，然后是无穷无尽的黑洞。不一定是卧轨，必定是虚空。

　　问题在于，我想清楚了，自己的一生就是一个诗人的命。管它什么疯不疯、死不死，管它什么早晚各骄傲一次，管它能不能成为一个伟大的诗人，写诗就可以了。

2013.1.1 上海，本文为节选

诗人的三十

最近与朋友们谈话，多数时候都涉及了年届三十这个话题。都说快三十啦，该结婚生子啦，该有房有车啦，该混得有头有脸啦，如此等等。中国古训三十而立，实在是害人不浅。怎么样才是立？三十就一定要立吗？一般认为，三十岁之前成家立业，就算立了。这个观念像个鞭子，抽打着一代又一代的青年人，急匆匆地做了一些让自己后半辈子后悔不迭的事情。

我觉得这个观念要修正一下，改为三十不惑。三十岁的人，应该对世界上多数事情、对人生多数情形都有过思考，都弄明白了，这样才可以坦然去走人生的后半截路。所以，兄弟们现在的首要任务还是思考，不是买房子结婚，不是开公司赚钱，而是重新面对世界面对人生进行系统的沉思，理出个头绪来。认识世界的真相，比结婚挣钱要重要得多。当然，形而上的大学越想越糊涂，形而下的东西还是可以考虑清楚。这个话题太大，暂且不表。

所以，很多诗人最近几年都在生活的屁股后面屁颠屁颠地跟着走，边赶路边迷茫。老婆孩子焦头烂额，诗歌创作也趋于停滞。稍微状况好点的，也是偶尔写上几句，句子里充满了混浊的世俗之气。

而评论家也在房子车子里面晃悠，写的文章已经不是评论诗歌阐述诗学，而是在品评生活了。

说容易，做难。这也是古训。我最近重读《论语》，发现好赖话全被孔子一个人说光了。也就是说，积习已深，想换条道路走走，换过来的肯定是蜀道。

换个角度，或许可以探讨一下在这种观念之下的诗歌写作。总体来讲，无非是没时间写，没心情写，数量就下滑了。又无非是外界干扰，内心痛苦，质量就马虎了。具体到某个人，某个作品，可能有特殊情况，但总也出不了这个范畴。不过我挺想说的，就我们钝一代的几个诗人而言，好像男诗人都新作寥寥，而女诗人们仍在继续写作，而且都在进步。尤其以染墨为突出，她对题材和语言的驾驭能力都有很大提高，更让人开心的是，她作品里还多了点温馨和柔情；稻菽的作品也开阔了；梅花落的诗风还在不停地变化，显示了相当旺盛的创作力，而且还有精力去侵略一下油画的地盘。这是个好玩的现象。改天我要写篇《我们这几年的写作》来具体探讨一下这个课题。

再换个角度，我还是乐观点，生活的历练和积累，写作的暂时沉寂，是不是在为又一个喷发期做铺垫？大约是2004年、2005年以后，整个青年的群体都寂静了，不吵闹了，不折腾了，不群居了，都各干各的去了，去经历各自不同的人生去了。那么这5年的时间，有谁还在诗意地活着？或者说，5年后，谁又能继续诗意地活着？拭目以待吧。肯定会有人在水面下持续地思考，一旦喷薄而出，应该会是好东西。

所以，接着上面的话说，认识到真相是重要的，选择一条自己可以走的道路，是更重要的。相信大家都在选择吧。那么谁选择了一条正确的道路，谁就有可能最先写出来；谁在这条正确的道路上走得最踏实，谁就有可能写得最好；谁在这条正确的道路上走得最彻底，谁就有可能最长久。说到这，好像还得说老一套，拭目以待。看来三十岁前后，是多数诗人注定要沉寂的。

哎，我就希望看到有哪个兄弟能走出一条不一样的道路来，青年人能写出青年人的好诗，中年人应该也能写出中年人的好诗，不过可千万别再来个"中年写作"，别总是重复老一辈的道路，否则可真的悲哀。

2010.2.13 上海，刊发于《钝》2010 年春季号

关于诗歌批评的批评

这几年看了点评论，别人也为我写了一些，自己也偶尔客串写几篇。对批评这个东西有个大体的印象，我来试着叙述一下这个印象，简言之，奇怪，别扭，好笑，三个词，如此而已。具体说来，可以敷衍成五点。

一是态度。总体来说不够严肃。极少阅读到严肃的评论，尽管批评家本人不苟言笑，写作时正襟危坐，一支接一支香烟地搜肠刮肚寻章摘句，他们写出来的批评文章仍然不严肃。我能从他们的假模假式的语句后面读到玩世不恭，对世界荒谬体验的胡乱表达，对诗歌评价体系的随意虚构，对作品谬以千里的误读。如果仅仅是措辞的吊儿郎当，调侃上几句，倒也无伤大雅。应酬则是毒药。

二是立场。诗歌批评，顾名思义批评的是诗歌，不是人。而我们目所能及的范围里，充斥着对个人人身的无聊吹捧或贬低，对围石筑城占山为王的世俗事件的狂热转述，对诗人逸事八卦新闻的喋喋不休。随手翻看一篇诗歌批评，好像不能称作诗歌批评，好像是传记或悼词，因为里面少有对文本的分析，而多是对诗人本人的一些感性认知，尽管有些观点是从诗句里面衍生而来的，但仍然是把落脚点放在人的身上，说该诗人如何如何，所以他的诗如何，莫名其妙的逻辑。哪里不对劲？不要脱离人，也绝对不能脱离人，但要把握住核心是要关注诗，而不是诗人。

三是措辞。很多写批评的，特别是以批评为人生要义的批评家都对构建自己的独特的批评语言体系表现出了狂热，这种语言体系多以生涩的翻译体为造句基础，以一知半解的西方哲学为表述对象，一个接一个裹脚布一样长的句子，逻辑套逻辑，让人看得不胜其累，最终是不知所云。玩物丧志，心为物累，迷失了写作的本原，作者本人也不知道自己在说什么吧。

四是饭碗。第三个问题的源头除了追求名望之外，还要归结到饭碗问题。显然大部头的批评著作是进入学术场一块顶好的敲门砖。这样的环境下诞生的诗歌批评，只局限于批评家自我学术体系的构建，而把诗歌作品往里面套，最终不是阐述了诗歌，而变成诗歌阐述哲学了。那么最终就可以取消诗歌批评家的头衔，而为诗人再戴一个哲学演绎家的桂冠了。

五是策略。我觉得批评文章有两大基本功能：一是对诗歌文本的翻译，把诗意用通俗的语言解释给读者，让普通的读者可以读懂遥远的诗歌；二是对诗歌的创作进行批评，关注创作状态，总结创作经验教训，为以后的创作提供正面指导和反面警示。我所说的这个评价不是走评价的路，是走艺术创作的路。所以说诗歌批评之路应选择的策略是沟通，沟通诗歌和读者，沟通诗人和诗歌。这两座桥梁架好了，就是功德无量。

2010.2.2 上海，刊发于《钝》2010 年春季号

贾宝玉曰：陈·忠·村

　　夏夜炎热，辗转反侧，手奉陈诗，横榻而阅。忽如清风，畅我情怀。四肢百骸，舒展如天翼；方寸之间，甘泉幽幽然。吾尝言于陈兄："君诗宜于子夜。"果不其然，助我入眠！梦游太虚，宝玉传音：陈忠村者，名挈美哲也，曰传统，曰忠诚，曰乡土。某大悦焉，侧身转述。

　　陈者，守业也，复古也，卫道也。中华诗国，抒情为上。绵延数千年，皆经验之谈。陈诗固守浪漫传统，起于日常，息于家常，故而亲切有加。古人云：诗中有画，谶语应陈。陈又画家也，自谙其三昧。曰墨分五色，遂姿态万千。陈诗亦有此妙。寥寥数语，意境纷呈。其情浓，浓而不滞，表里交通；其哀淡，淡则不伤，姿态优雅；其辞干，干而不乏，铿锵有致；其相湿，湿以去粘，酣畅淋漓；其思焦，焦而不碎，引人深省，趋趋然入室。或曰新诗非旧，奈何复古。诸多主义纷繁芜杂，陈安守家传，孰不谓情深义重乎？又于时代变幻，世风日下之际，躬恭祖述孝道、夫道、父道，孰不令人肃然乎？

　　村者，田园也，家庭也，农业也。陈出自农村，当不忘田园。

笔下千言万语，若为异都而颂，岂不大谬耶？然陈氏田园，实乃幻象也。农人之辛，无非耳闻。大地苦难，陈概念耳。故而乡土情结所至，吟咏田园不辍。堂上父母，家中妻子，庭前梨花，意象取自田园，意境弥漫乡土，其情却忽闪而远，飞过梨花，驻足于个体生命之痛痒，所指复重。农业文明，行将逝去，谁人不在，深怀浅念！

忠者，忠诚也，真挚也，侠义也。我敢断言，凡识忠村者，莫不为其真诚朴实所感。人如其诗，以心灵谱写人生，以肝胆直面朋友。微斯人矣！犹记陈兄初至沪，皖语陌生，满座搔首。吾轻为左右译之，皆颔首，如旧人。如今陈兄皖语依然，真心依然，友人皆许。诗人聚沪，兴尽而醉，陈伺其左右；民刊初编，经费颇窘，陈慷然有捐。陈有豪言，"以血养诗"，得众激赏。夸曰：凡杨柳烟火处，莫不传唱。其言既出，其行铿然。言行若此，莫非英雄所为也？然。亦可见陈之忠于诗歌。

陈也，忠也，村也，兴味也，性情也，柔软也。四季刻一集，国画还若干，陈兄勤甚，或剧羡之；中庸而平实，白描复隐秀，少女爱甚，或又妒之。呜呼！可扬者多矣，尚有可抑者乎？唯其勤，杀字不足，现局部之糙；唯其畅，通俗显繁，影艺术之限。窗外雷雨，我望长天。愿陈兄再诗，音若雷霆，撼他情怀；境如暴雨，洗他身心；势比洪波，兑友人言：高擎皖诗大旗，澎湃九州四海。

宝钗来电，惊我烟霞。客栈记梦，不知所云。

2005.6.21晨，郑州铝城客栈

收录于《城市的暂居者》（陈忠村，上海文艺出版社2007）

一个人能干什么

在我的评价体系里，入流的诗人大致上分这么几个层次：凑合、优秀、卓越、伟大。一个有几首拿得出手的作品的诗人，算凑合；写出了大规模好作品的，算优秀；作品多而优又体现天才气象且富于济世情怀者，可谓卓越。毫无疑问，诗人默默和诗人李亚伟都跨入了卓越者的行列。

> 大诗人已经从物质中分裂出来
>
> ——李亚伟

看了李亚伟的诗我忍不住要拍案大声说脏话！一句"我心比天高，文章比表妹还漂亮"让我记住了李亚伟这个名字，这已是很久以前的事情了。今晚我花了四个小时认真读完了他的这个选本，不知是因为天冷还是太兴奋，竟有些颤抖。我告诉自己，我发现了第三个值得我喜欢和反复仔细品读的诗人。作为一个读者在阅读诗歌时最渴望遇到的都在李亚伟的诗句中接踵而至——阅读的快感、不断的新奇感、技术的隐藏和消失、日常的切入和超越等。李亚伟略带着颓废、忧郁、痞的诗人气息，正对了我的胃口，随便摘几个句子："这天空是一片云的叹气，蓝得姓李""有根的东西就不容易去看朋友"。按照目前对李亚伟流行的评语，这是"反文化"，我倒觉得，这三个字蒙蔽了李亚伟作为诗人的天才之所在。称赞一个诗人是个反文化斗士显然是粗暴而不负责任的。

一个时代最重要的话我就要说

——默默

谈论诗人默默是一件危险的事情，因为他是我的老师，褒贬都有嫌疑，他的作品又十分博大，评价中肯十分艰难。而读默默作品则更危险，如果你弄明白了，甚至会丧失生活的勇气。因为他的诗句已经掘地三尺。这些句子我不必赘引，读者一看便知。但必须提示的是，默默若仅囿于此，还不成其为默默。默默除了破坏之外，他还在努力建设。默默曾有言："虽然也知道自己微弱的努力改变不了什么，但一颗善良的心还要这样跳动。"曾有评语说"默默是时代的歌手和代言人"，这没有错，就是这样的，但这只是一部分。默默还是一个与人类共命运的诗人，我想，这正是他超越诗歌本身而可以称为伟大的地方。遗憾的是，这个选本只是他作品九牛之一毛，难以窥其全貌。夜已很深，而默默的诗意隐藏得更深。

一个人能干什么

——默默

既然是二人合集，难免会产生比较阅读。首先可以看到，虽然风格差别很大，但殊途同归的是，二人的作品都非常幽默，有突出的阅读快感。其次，李亚伟的"反"是以诗意为外套，幽默而安全；默默的"反"则是直捣黄龙，痛快淋漓，即使是撒娇的，仍然力度强大。在这一点上更大的区别是，李亚伟破而不立，作为一个诗人而存在；而默默破立兼顾，一种深厚的悲悯情怀弥漫全部诗篇。他不仅仅是个诗人，他还是一位菩萨。诗的优劣不太好分，但真假一眼可辨，二人最大的共同点就是，他们的诗都是真诗，胸腔里的诗，时代的诗。第二大共同点，真正有才华的诗人从来都不玩文字和语法的鬼把戏，他们会把最平实简单乃至腐朽的文字瞬间化为神奇。

单纯对比阅读作品是次要的，重要的是，这部合集的出版有非同寻常的时代意义。21 世纪以降，新诗人层出不穷，老诗人宝刀不老，中国诗坛又有新气象。"一个人能干什么？"默默的逼问及时而有力。作为"莽汉"代表诗人的李亚伟和作为"撒娇"代表诗人的默默合力，将两部拥有天才气质的诗篇汇聚到一起，展示当代新诗实力，则必将成为中国诗坛一大盛事，从而推动诗歌事业的发展！

2004.11.18 凌晨，郑州

收录于《莽汉·撒娇：李亚伟默默诗选》（当代汉语诗歌研究中心　李少君　编选，时代文艺出版社 2005）

钝一代的 "钝"

——关于钝一代诗学的一份提纲

一、关于命名

2004年5月22日夜，我和梅花落在撒娇诗院对酌，梅花落说了一句什么话，我脱口而出："钝一代！"后参考第三代及众多来撒娇诗院的诗人的意见而确认——这是一个负责任的命名。此前曾有"无所谓一代""新酷代""冷漠的一代"等多个名字，都觉得不够到位不够传神不够开放。我们从一开始，出发点就是为整整一代人寻找精神支点。不仅仅是总结，还要指出方向。

钝一代，不是对某一群诗人的命名，而是对一个时代全部的人的命名（钝一代人，犹如第三代人），这个命名的提出是基于这样一些事实——他们仍然生活在社会主义初级阶段，却经历了在市场化、全球化大背景下的中国社会大转型的洗礼，在多种文化思潮的冲击下露出好奇、迷惑的眼神。对社会责任迟钝，对个人前途迟钝，对生活迟钝。他们崇尚冷漠，缺乏对生活的热爱；他们没有锐气，缺乏面对时代的锋利；他们信仰自我，缺乏对社会的责任感。这代人的特质是思想迷惑感情迷乱，因而在行为上表现为钝化。没有谁先锋前卫到哪里去，反而往往或被动或主动地成为商业牺牲品。艺术性不可避免地逐步沦丧并且是全面沦丧——虽然这并不全部是这一代人的责任。

细化了讲，钝一代诗人群落的"钝"，就目前而言，只是对某一阶段诗歌创作的美学表述，即这一历史时期的诗人所创作的诗歌在美学上主要表现为"钝化"——主要地，就是迷乱、冲突，欲突围而不得的苦闷，放纵过度的疲软，是用钝化了的心灵消极感受时代，反映时代也助长时代，而不能哪怕仅仅是在语言上创造一个新时代——这里的"钝"不仅仅是审美上的，更是思想上的。一言蔽之，总体水平没有超越前代，没有提出自己的诗学观点，没有开拓新的写作方向。

钝，这个命名在整体上对前一段的诗歌创作倾向于否定态度，但同时也是一种期望。钝同时也是极端的锐利，是没有刃的宝剑。希望诗人多注重内力的修炼，以达到以钝为利的高境界。

二、关于作品和诗人

可能要先说说网络。虽然钝一代同人多疏于网络，但这代人受网络影响太深太广了，他们的所有问题都将和网络发生或多或少的联系。

网络对诗歌的小繁荣贡献莫大焉，但对诗人的伤害也令人心痛。诗人们主要活动在网上，发表在网上，交流在网上，相互认识在网上，成名于网上，也失败于网上。网络的游戏性、快餐性使他们态度不端正，思索不深入，心态更浮躁。网络使传播变得如此容易，老中青一起上网发帖子。更便捷的交流平台和更成熟的语言环境，诗歌写作在选材、体裁、美学、精神内涵上的交融，使纯粹的年龄意义上的"代"甚至美学意义上的"派"的概念变得模糊（比如所谓"70后"和"80后"的写作没什么明显的区别，甚至20世纪80年代的心灵和20世纪60年代的心灵处于同样的社会背景，面临的也是同样的困惑），也钝化了诗歌的锐气，助长了诗人的浅薄。

在诗歌艺术上，在快餐文化和消费文化的引导和压力下，他们的诗歌粗糙，浅白，胡言乱语，口水泛滥，由于心态的浮躁而缺少对诗歌必要的语言节制和反复修改。对诗歌艺术的探索姿态很先锋，实验很多，但开拓性和预见性很弱，基本没有超出前人的思维范围，没有形成自己的艺术流派和高质量的规模化的作品群。

在诗歌精神上，迷乱、迷茫、痛苦、虚无、下作、自我放纵，对待诗歌的态度或多或少有些票友心态；只在少数代表了时代思想深度的诗人那里，略存一些对苦难的关注、思索，对时代的批判和建设的努力，对诗歌的忠贞和投入。

钝一代，他们之中会产生若干优秀的诗人，或卓越者，但他们的最大价值也许在于其优质成分将构成哺育未来真正伟大诗人的土壤。

三、多说几句

努力克服浮躁心态，保持与时代的距离；多读几本书；以端正的态度多交流切磋诗歌艺术；坚持用心灵写作。

谨与兄弟们共勉。

2004.8.17拟纲，2005.7.30整理发表前三节

钝一代史略（2004.5—2024.5）

编制原则：

1. 以史实为基，不增，不隐，不评，必要处加按语；

2. 以文献为纲，尽量以文献为准，文献不载又极为重要者以回忆方式增补，文献不足者留待以后增补；

3. 编选内容以钝一代集体事件为核心，以成员间诗歌文本及诗域相关互动为辅助。

2001 年，诗人李和二号车厢相识于论坛。

2002 年初，李和梅花落相识于上海某饭店。

2003 年，方石英和辛酉相识于杭州。

2004 年，3 月底李启用新笔名黯黯，二号车厢启用新笔名米囚。

按：以上为史前史。

2004

5 月 22 日，黯黯和梅花落提出"钝一代"命名。（《撒娇》诗刊、《钝》诗刊）按：系世纪初诗人代际命名潮中对"80后""E世代"等命名方式的响应和区别。

8月21日，"撒娇·钝一代诗学研讨会：向曹植、骆宾王、纳兰性德、兰波、莱蒙托夫致敬"在上海撒娇诗院举办，撒娇派冠名赞助了本次会议。与会者约有20人，包括黯黯（1982）、梅花落（1980）、方石英（1980）、二号车厢（1981）、然墨（1986）、天岚（1982）、辛酉（1981），以及山上石、王东东、潇潇枫子（巫小茶）、解渴、丁成、三米深、一度、心地荒凉等同代诗人。（《撒娇》诗刊、《钝》诗刊）按：与会者全部为80后。

数日后，丁成等人"宣布退出"。（辛酉：《辛酉全集·诗歌卷·旅途中的月光》，长江文艺出版社，2015.5，第184页）按：认同80后命名者反对"钝一代"命名。

8月29日，黯黯作钝诗学纲领性文献《钝一代自叙》。（《撒娇》诗刊、《钝》诗刊）

2005

第四届中国西峡伏牛山诗会、中国城市诗歌研究所等机构授予李明"'80后天王'诗歌奖"。按：黯黯本名李明。

稻菽（1985）成为钝诗社成员。（辛酉：《辛酉全集·诗歌卷·旅途中的月光》，长江文艺出版社，2015.5，第184页）

2005—2007

2005年7月30日，黯黯在郑州整理文档《钝一代的

"钝"——关于钝一代的一份简纲》，部分刊发于《撒娇》2006 年10 月秋季号。

《撒娇》诗刊 2006 年 10 月秋季号（出刊于 2007 年 3 月）P13—P166 刊发"撒娇钝一代专号"，编发黯黯、梅花落、方石英、二号车厢、然墨、天岚、辛酉、稻菽 8 位诗人诗歌和评论。按：该刊以文本形态确立了第一代核心成员。《钝一代自叙》以《钝者自语》为题刊发。方石英认为：该文以《钝者自语》为题发表，意味着钝诗社自然成立。

按：以上为第一阶段创生期。

2008

3 月，《中国新诗理论批评史论》（杨四平，安徽教育出版社，2008.3）出版，第 318 页摘录黯黯《钝一代的"钝"——关于钝一代的一份简纲》中部分叙述："他们仍生活在社会主义初级阶段，却经历了在市场化全球化大背景下的中国社会大转型的洗礼，在多种文化思潮的冲击下露出好奇迷惑的眼神"，"钝，这个命名在整体上对前一阶段的诗歌创作倾向于否定态度"，并作论述："他们对名利表现出清醒的迟钝。在一个追求快节奏、快餐文化的后现代时代，他们提出笨拙的'钝'，足见其反思和'反讽'的向度与力度。"按：新诗学者对钝一代的理论关注。

7 月，杨四平主编《中产阶级诗选》（内部交流，2008.7）收录梅花落《梅花老窖赠李牌大曲》等 4 首诗。按：梅花老窖、李牌大曲系黯黯《斗地主之歌》诗中意象。

9 月，辛酉请北京诗人芒克为《钝》诗刊题词：钝诗刊，钝不钝。

10 月，方石英请浙江诗人梁健为《钝》诗刊贺词：钝的意义不仅是酒，更让我感动的是，把大醉安排在清醒的大床上。

11 月，李明请安徽师范大学教授杨四平为《钝》诗刊贺词：清醒的钝，笨拙的钝，诗意的钝，以反讽的姿态，扛起 80 后诗歌的大旗。

12 月，李明主编《钝》诗刊在河南郑州创刊；刊名略去"一代"单名一"钝"字。创刊号刊发三篇理论文章：黯黯《钝者自语》、上海社科院哲学研究所研究员杨宏声《钝释意》、批评家古冈《钝的灵性》，以及一篇批评文章：陶林《我的兄弟姐妹》，进一步阐发"钝诗学"；同人专栏"钝诗本纪"刊发了原 8 位成员和西屿、陶林、王东东、胡春苗、史芳娜 5 位新人的诗。**按：第二代社团成员结构成型。"钝一代"从大而无当的"一代人"返回具体清晰的以刊物为载体的"诗社"。**

2009

3 月 14 日，《钝》诗刊首发式在河南文学院举办，李明和西屿共同操办。李清联、田桑、吴元成、李霞、衣水、储曇、高野、刘旭阳等 50 余位河南诗人和 10 余位诗歌爱好者参加，辛酉代表钝一代发言。

2010

1 月 20 日，梁健逝世，李明赴浙江安吉参加追悼会；李明抄录

2005 年所作咏梁健之诗《独孤求醉》由梁健爱徒方石英亲焚。

3 月，晋江市政协文史委、晋江市文化馆等四家单位选编《2009 中国诗歌民刊年选》（吴谨程主编，新世纪出版有限公司，2010.3）出版，收录《钝诗刊》创刊号所刊 8 位诗人作品，其中梅花落 2 首、方石英 1 首、辛酉 1 首。

3 月，《钝》诗刊第二期在上海出刊；该期除"钝诗本纪"外，又刊发台湾"80 后"诗人专辑，收录廖亮羽等 10 位诗人作品。

8-11 月，辛酉主编《辋川》诗刊连出 3 期，合订本命名为《中国 80 后诗全集》，收录 178 位 80 后诗人作品。**按：辛酉曾试图组织全国 80 后诗人大会无果，曲成该集。**

按：以上为第二阶段，从钝一代到钝的转折期。

2011

2 月，《笔尖的舞蹈：80 后文学见证》（许多余，电子工业出版社，2011.2）"80 后早期诗人"章节收录李明，人物简介含"钝一代"，评语为"对他而言，诗歌已经变成非常好玩的事物，消解、欲望、沉沦。……作品《安全的一代》已经从玩上升到严肃的话题，显示出个体生命的脆弱"。收录《莱布尼茨的春天》全诗。**按：该书系国内第一部"80 后文学史"，所收录钝一代史料为稀见。**

辛酉列名该章。

"80 后女性诗歌写作"章节收录梅花落、稻菽、然墨，对梅花落评语为："梅花落的新女性意识，表现为她的女巫仙化精神，她在诗中努力使自己成为个性张扬、飞檐走壁、酒量十足的女强人。她的诗歌质地冷硬、轻快、惊险而刺激，形式上有很大的杀伤力。"收录《七月半》节选。

稻菽、然墨的评语采用撒娇诗院举办"梅花落稻菽然墨颁奖会：《一万年最镇静的盟誓》"授奖词。

2月20日，辛酉于浙江温岭溺水而死；3月12日，黯黯和胡桑赴温岭协助料理后事，于温岭殡仪馆参加辛酉火化仪式；3月18日，撒娇诗院举办黯黯、胡桑主持辛酉追思会，默默、王小龙、祁国、厄土、肖水等十余人参加，郁郁、李西闽托人捎来追思之诗。辛酉生平详见桑眉整理《辛酉年谱》，载于《辛酉全集·诗歌卷·旅途中的月光》，第197—207页。

8月，方石英："黯黯是'钝一代'的旗手。"曾收入未完工的《李明全集（第一卷）》稿本。

10月，梅花落、方石英获贵州民刊《诗歌杂志》"中国80后诗歌十年成就奖"入围奖。

是年，然墨离开北京到佛山杜马禅园隐居至今，偶发诗。

2012

《漂泊的一代：中国80后诗歌》（赵卫峰主编，中国文联出版社，2012.5）收录方石英《稻草人》等4首、梅花落《木偶时代》等7首、稻菽《用你的坏养我的心》等2首。

10位70后和10位80后诗文合集《追忆诗意青春》（许云龙、陈冰、李明主编，上海大学出版社，2012.6），收录黯黯诗歌和年谱、梅花落诗歌和访谈。

《诗探索2012第3辑理论卷》（吴思敬主编，漓江出版社，2012.9）刊发赵卫峰整理《大事记或十年脉象：中国80后诗歌进行时》收录《钝》诗刊首发事："（2009年3月）同月，河南李明主编民刊《钝诗刊》面世。主要成员有梅花落、方石英、米囚、然墨、天岚、辛酉、西屿等。"

按：《钝》诗刊第三期原拟是年出版，受辛酉溺亡、然墨进山影响而停刊。不期者，2012年也是80后诗歌全面转入个体的大节点，亦为80后文学从青春文学转向经典文学的节点。

2013

6月，杨宏声因病于上海去世，李明参加追悼会和火化仪式。

《山东文学》2013年第7期下半月刊"中国80后诗人诗歌作品大展"收录天岚《务虚人生》等6首、李日月《在细雨中奔跑》等3首。按：黯黯于2012年启用新笔名李日月，原拟仅署名非诗文体，后混用。

2014—2015

李明、方石英等七人组建"辛酉全集编委会"，在长江文艺出版社出版《辛酉全集》三卷。另印纪念集一卷，收录黯黯、方石英所作悼诗和李明、天岚、寇洵所作悼文。按：西屿本名寇洵。2018年李明制作《辛酉全集》四卷本精装版分送编委会成员。

2016

3—7月李明参与发起上海国际诗歌节，和米囚合作设计上海国际诗歌节 logo。

《在时代的暗夜中穿行：80 后诗歌考察》（许泽平，广东经济出版社，2016.7）第一章第二节《民刊与网络对 80 后诗歌的影响》引用辛酉《中国 80 后诗全集》封底 slogan "一代人的心灵史" "一代人的青春见证"，第四章《80 后诗歌中的经验世界》第一节《成长与怀旧》收录稻菽《你为什么这么蓝》，第三节《日常书写》收录辛酉《蹲着抽烟的老水手》。

2023

12 月 26 日，李明主讲《新诗通史课》第六讲《诗人作为诗歌的要素》以钝一代诗人辛酉为例，讨论了 "现代性中的诗人" 问题。

按：以上为第三阶段 "个体时期"。

2024

元旦前夕，方石英和天岚不约而同怀旧，引发 "钝一代 20 周年" 议题。2 月 20 日，李明专程赴杭州寻访方石英 20 年写作历程，了解 20 周年活动意愿；后与各位成员通过电话、微信聊天等方式陆续交流，得出基本事实：自 2004 年至今，每位成员在各自的诗学道路上勇猛精进，均已经形成了成熟稳定的个性、诗风和诗歌态度，钝诗社是自由人的自由联合。

根据中国图书版本（CIP）数据库，截至 2024 年 5 月，不计自印、外版、套号，钝诗社成员出版诗集情况为：方石英 4 种、天岚 3 种、黯黯 2 种、西屿 1 种。

5 月下旬，在钝一代 20 周年生日之际，中国文化白酒品牌"好诗"特别定制"钝一代/钝诗社 20 周年纪念酒"公开发布，10 位成员的诗句和绘画印于酒标，与全国酒友分享情怀。

按：钝一代创生于对 80 后一代人的命名潮之中，却提出了自我钝化的理念，且在 20 年的时间长度中真实地践行；他们主动从一代退行到社团再退回个体，以其诗人主体意识，安静地写作，不断寻求自我成长。也许在当代诗学界现象研究的短期视野中曾显得若有若无，但其同人诗人却以各自独特的面目有所成就。他们除发表、出版、获奖、兼职等社会学指标之外，其内在突出诗性特质仍可圈可点：

方石英是"专一型诗人"，持续 20 年只写新诗而不写其他文体，惟精惟一、感人肺腑。黯黯是"集成型诗人"，不仅进行多重诗风、多种诗体、多样取材、多个笔名的创作实验，而且在诗刊编辑、诗集出版、诗歌活动、诗学研究、诗歌教育、诗歌周边产品等子领域均有所尝试；天岚、陶林、西屿、辛酉可归入本类型。袁虹是"韬光养晦型诗人"，能不写就不写，保存身心性命或待晚期爆发；稻菽、然墨可归入本类型。米囚则是"无相诗人"，随手写诗随手丢弃、不做诗人且高度笃定的一个类型。这四类都是当代诗的真实现场的共性和通例。钝一代、钝诗社和当代诗同构、同行。

钝诗社的另一个突出特征是其成员多有禅修体验，以然墨和米囚为代表；以心性修持，故而可以钝；他们钝得名至实归。

梁启超在《新史学》中提出："自动者才是历史，他动者不是历史。"钝一代的创生和演化是纯粹的自然事件，除了命名是人为，其他都是各种因缘和合，因无为而实然，最终成为一种历史应然。这是当代诗的一份特别景观。

"钝一代"是 2000 年代 80 后命名潮中诸多命名中具有审美指向和美学特质的一个命名，可能是唯一的，"钝诗学""钝美学"有待于学界深入关注。

"钝"，之于同人而言是一种态度，仍在继续。

2024.2.14—28，3.22—5.15 李明整理并按，3.1—5.30 集体审阅定稿

自　跋

　　整理本文集的最原初的机缘，是 2019 年以来我因脑供血不足导致记忆力快速大幅度下降，到 2021 年底几乎回到了"赤子"的空白态了，而此时恰恰抵达了博士论文开题的节骨眼上，我惶然发现，过去曾经思考过的诗学问题及其材料、过程和结论如今遗忘殆尽。累累若丧家之狗，惶惶如丧家之犬，焉惟夫子，云胡不同。检索记忆，翻检前作，整顿旧认知，成为一项不得不立即着手的工作。我把电脑里尚存的一些档案搜了出来，慢慢重温。此时，恰逢出版机遇，就索性出了吧。那时尚有《好诗》编辑部，同事协助完成书稿。三年一晃而过，昔日同事已经散去，《好诗》也停刊待复。

　　而本文集仍在出版流程中。这是另一大缘分，进一步促使我重审自己的文风问题。关于文风问题我在 2019 年春曾写过一篇文章作为硕士论文的后记，那时的调子尚停在叙事伦理与命运等宏观问题上。近一年来写作学术论文（可以具体到 CSSCI 期刊论文体）的身体经验，让我切实感受到了诗歌和论文作为文体的两个极端互相拉扯的巨大张力。诗体和论文体之间巨大空隙催生了随笔作为独立文体的合法性——我终于落实了痛点的具体位置，之所以文风飘摇，主要是因为过去并未把随笔当成独立的具体的实践的文体来对待，偶尔因为什么需要就随便写写交差了，更没有把自己当作一个随笔作家来生活和写作，没有随笔作家的主体性当然也不可能会去认真对待随笔的文体问题。萧子显《南齐书》、姚察姚思廉《梁书》、颜之推《颜氏家训》一系驳斥《周易·系辞》《文心雕龙》的文如其人观，而把文体视为文德的诱因，指出"文章之体，标举兴会，发引性灵，使人矜伐，故忽于持操，果于进取"，当是卓见。为本书增补内容而特地整理写作的《〈新诗通识课〉侧记》一文就特别地注意了文体的内容边界问题和遣词调性的一致性、句法变化的稳定性和语速等文风问题，这篇 2024 年的文章和 2021 年的几篇文章比较起来观感可能会大不相同吧？

2001 年我曾自立法则"不写非诗文体"，"一首诗就是一篇大文章，我不写而已"。这一咒语在 2012 年写作《铜镜世家》书稿时打破，当时还写了一篇长达八千字的絮絮叨叨"废话集"《李日月诞生记》来倾诉一个诗人不写诗而写文的痛苦感。该文节选若干收入本书时没有选用涉及痛苦感的段落，因为从诗歌到随笔的痛苦感远远小于从诗歌到论文的痛苦感，没有言说价值了。这里包含了密切关联的两层意思。其一是我早年的诗歌追求之一，更多地突出了非诗的拓展性。当代诗人为数不少强调散文化对新诗的价值，作为一种流行诗观和个体行动未尝不可，但在诗体价值、经典化等问题向度也会产生歧义和离心力，为了不误伤别人现只就我个人而言，可以说，换个角度来看其实就是把某些宜于随笔体的内容塞入了诗体，诗以此获得的宏阔、粗粝的风貌其实部分地消解了自身推向圆满精美具有高度艺术体裁价值之路的力量。

其二是我早年的另一个诗歌追求（也是之一），常把思想性作为极为核心的维度来处理。这既是我个人的习气，也直接与 1990 年代以来的思想史动向相关联：2000 年长江《读书》奖事件时我考上大学，一干高中时期无人可说而憋了三年的"思想者"们开始通过文学社团的活动和刊物包括网络论坛激扬起来，知识界蔓延的分化和争论也沾染到了我们这些青年学子身上；慢慢进了新诗圈子，竟也布满了"酒桌知识分子"之间似是而非的分歧；持续写诗，这份当代思想史底色就一直伴随了诗歌写作。我虽观点相对超越，但一群远离政治的文化人之间斗嘴现象过于频繁，影响审美生活也耽误经济建设，近十几年也基本远离了这类场域。追述这一往事想表达的是，从文体意义上来说，我可以成为、应该成为、能够成为一个思想文化随笔作家，因其主体性而提起重视随笔体的态度。近十年在晚明和先秦两个时段的历史文化思想方面下了些功夫，内容也很充足，从愿上来说也乐意即从座起为四众而问，是否真的行动起来再出一部随笔集取决于体力脑力恢复程度，思想问题的解决是前提，想清楚了人畅快啊。

如此，可以进而提纯诗体的写作，维持学术论文写作的场景化，为诗、随笔和论文三者搭建一个稳定的结构，让诗的归于诗，论文的归于论文，其他的都纳于广义随笔而其中又可以清晰呈现一批具有文体意义的思想文化随笔。这是我整理出版本文集过程中的一些反思和收获，恳列于此，感谢《好诗》编辑部和长江文艺出版社。

2024.10.11 五不十戒斋

图书在版编目（CIP）数据

感觉结构 / 李日月著. -- 武汉：长江文艺出版社，
2025.5
ISBN 978-7-5702-3268-0

Ⅰ. ①感… Ⅱ. ①李… Ⅲ. ①随笔－作品集－中国－
当代Ⅳ. ①I267.1.

中国国家版本馆 CIP 数据核字（2023）第 138983 号

感觉结构
GAN JUE JIE GOU

| 责任编辑：谈　骁 | 责任校对：程华清 |
| 封面设计：璞　闾 | 责任印制：邱　莉　　胡丽平 |

出版：长江出版传媒｜长江文艺出版社

地址：武汉市雄楚大街 268 号　　　　邮编：430070

发行：长江文艺出版社

http://www.cjlap.com

印刷：湖北新华印务有限公司

开本：880 毫米×1230 毫米　　　1/32	印张：7.625
版次：2025 年 5 月第 1 版	2025 年 5 月第 1 次印刷
字数：177 千字	

定价：58.00 元
